Herzsprung Verlag

Impressum:

Alle handelnden Personen, Orte sowie die Handlung selbst sind frei erfunden. Mögliche Ähnlichkeiten mit Personen, Orten oder Situationen sind rein zufällig und nicht beabsichtigt.

Besuchen Sie uns im Internet:
www.herzsprung-verlag.de

Mühlstraße 10, D- 88085 Langenargen
info@herzsprung-verlag.de

Erstauflage 2018

Lektorat: Melanie Wittmann
Covergestaltung: Papierfresserchens MTM-Verlag
www.papierfresserchen.de

Bearbeitung: CAT creativ - www.cat-creativ.at

Bildnachweis Cover:
Katze: Rudolf Trink
Billard: © KABUGUI – Adobe Stock lizensiert

Gedruckt in der EU

ISBN: 978-3-96074-024-7 - Taschenbuch
ISBN: 978-3-96074-172-5 - E-Book

Kugelwechsel

Ein Rumpler Rosamunde-Krimi

von
Rudolf Trink

Herzsprung-Verlag

FÜR EVA. MEHR DENN JE.

Sehr kleine und sehr große Verbrechen werden häufig vertuscht. Kleine, weil sie so klein, und große, weil sie so groß sind.

1.

Es war an einem zwölften Januar um acht Uhr fünfundvierzig, als Johann Rumpler an seinen Neffen Karl dachte. Rumpler hatte ihn seit Monaten nicht mehr gesehen, vier oder fünf waren es bestimmt, vielleicht sogar mehr.

Seine Erinnerung führte ihn aber noch viel weiter zurück, etwa fünfundzwanzig Jahre, und sie war seltsamerweise deutlicher als jene an ihr letztes Treffen. Als Kind war Karl einige Monate bei Rumpler und seiner Frau gewesen, damals als Rumplers Bruder zwar nicht überraschend, aber doch wesentlich schneller als erwartet an Lungenkrebs gestorben und dessen Frau so verzweifelt gewesen war, dass sie einen Nervenzusammenbruch erlitten hatte. Rumplers Frau Elsa hatte damals noch gelebt und sie hatte es mit ihrer schlichten Herzenswärme geschafft, dem siebenjährigen Karl über die ersten Monate nach dem Tod des Vaters hinwegzuhelfen. Die Rumplers waren kinderlos. Elsa hatte nach einer komplizierten Schwangerschaft und einer Fehlgeburt die Diagnose erhalten, dass sie keine Kinder bekommen konnten, und sie war glücklich gewesen, Karl bei sich aufzunehmen.

Karl war ein ungewöhnliches Kind gewesen, sehr ruhig und reflektiert, absolut verlässlich, und er hatte Rumpler bis hin zu kleinen, charakteristischen Gesten stark an seinen verstorbenen Bruder erinnert. Hinter einer beinahe kühlen, fast nüchtern wirkenden Oberfläche wohnte in dem kleinen Karl ein inneres Lächeln, das er nur selten zeigte, als ob es gefährdet wäre, verloren zu gehen. Dieses Lächeln hatte Rumpler immer sehr berührt, weil es, wie er sich selbst kaum zugestand, etwas Paradiesisches an sich hatte.

An dieses Lächeln dachte Rumpler jetzt, als er an seinem schönen, aber auch schon etwas schäbigen Schreibtisch saß, seine alte Katze Rosamunde hinter den Ohren kraulte und die Nachricht zu verstehen versuchte, dass Karl tot sei. Rumpler wusste aus Erfahrung, dass ihn die Trauer noch nicht richtig erreicht hatte, sie würde ihn erst später einholen, in Wellen, ihn dann wahrscheinlich für längere Zeit begleiten und vielleicht erst nach Jahren wieder freigeben.

Karls Frau Sabine hatte ihn vor einer Stunde angerufen, in Tränen aufgelöst, und ihn informiert, dass Karl gestern Selbstmord begangen habe. Reflexartig waren in Rumpler die alten Routinen erwacht, obwohl er doch bereits seit mehr als zwei Jahren außer Dienst war, und erst nachdem er die Fragen nach Zeit, Ort und Umständen des Todes von Karl gestellt hatte, hatte er bemerkt, wie völlig unangemessen sein Verhalten war. Er hatte Sabine dann ein Treffen vorgeschlagen, um elf Uhr im Café Sperl, das mit seinen hohen Räumen, den schönen holzverkleideten Rundbogen und den leicht abgeschabten Samtpolsterungen mit der Zeit so etwas wie Rumplers zweites Wohnzimmer geworden war und von dem er sich ein wenig Sicherheit bei dem schwierigen Gespräch erhoffte, das vor ihm lag.

Rumpler war vor der Zeit im Café, um sicherzugehen, dass Sabine nicht auf ihn warten musste. Sie kam pünktlich wie die Uhr, sehr groß, sehr schlank, sie wirkte beinahe zerbrechlich, mit rotgeweinten Augen und jenem Ausdruck von Unverständnis, der ihm aus seiner jahrzehntelangen Tätigkeit als stellvertretender Leiter der Mordkommission so vertraut war. Er stand auf, umarmte sie und ihr schmaler Körper wurde von einem stummen Weinen geschüttelt. Rumpler schob sie behutsam zu ihrem Platz, bestellte in der von ihm über Jahrzehnte entwickelten, mit der Zeit immer sparsameren Sprache aus Worten und Zeichen einen Tee für seinen Gast und für sich eine Melange. Dann legte er ihr kurz die Hand auf den Unterarm, wie um für sie und wohl auch sich selbst die Zeit kurz anzuhalten. „Erzähl."

Sie begann mit klangloser Stimme zu berichten. „Karl hat mich gestern Nachmittag von der Arbeit aus angerufen und gesagt, dass er sich zum Essen ein bissl verspätet, weil er in der Firma noch was klären muss. Er würd aber verlässlich um spätestens acht Uhr zu Hause sein."

„Hat er für dich irgendwie anders als sonst geklungen?"

„Nein, überhaupt nicht. Er hat sich angehört wie immer; er war nur leicht gestresst wie jedes Mal, wenn er nicht pünktlich zu Hause sein konnte."

„Und wie hast du von seinem Tod erfahren?"

„Als er um neun noch immer nicht zu Hause war, hab ich mir Sorgen gemacht. Du weißt ja, wie wichtig ihm Pünktlichkeit war. Ich hab dann in der Firma, GVD, angerufen, weil der Sicherheitsdienst dort Tag und Nacht anwesend ist. Zuerst haben sie mir nur gesagt, dass er gemäß ihrem elektronischen Zeiterfassungssystem noch im Haus sein müsste. Sie würden in seinem Zimmer nachschauen und mich dann zurückrufen. Nach gut einer halben Stunde, die mir wie eine Ewigkeit vorgekommen ist, ist dann der Rückruf gekommen und sie haben mir gesagt, dass er vom Dach gestürzt ist. Auf seinem Laptop stand angeblich eine kurze Mitteilung, dass er schwer krank wäre und nicht mehr weiterwisse."

„War Karl krank?"

„Ja, immer wieder. Er hat sich öfter mal einen Infekt eingefangen und er war auch besorgt um seine Gesundheit, aber die verschiedenen Untersuchungen haben eigentlich nie was Ernsthaftes ergeben." Sabine legte ihre Hände vor sich flach auf den Tisch, in einer langsamen, sehr bewussten Bewegung, sah Rumpler an und doch durch ihn hindurch und sagte: „Das war nicht er."

„Wie meinst du das?"

„Er hätt mir das nie angetan, ohne mir etwas zu sagen oder zu schreiben. Nie."

Dieses „Nie" kam mit einer derart unerschütterlichen Sicherheit, dass es Rumpler beeindruckte. „Das war nicht er" war ja trotz aller vordergründigen Klarheit ein unsicherer, fast schillernder Satz, auf den Rumpler jetzt nicht eingehen wollte und den er in einer der zahlreichen Furchen seines Gedächtnisses, das er sich gerne wie einen großen Acker vorstellte, deponierte, um ihn später wieder einmal auszugraben. Es bedurfte für ihn immer einer gewissen Zeit des Abliegens seiner Gedanken, um sie vor sich hin reifen oder auch modern zu lassen und sie später wieder hervorzuholen wie ein Kind, das einen Stein aus seiner Schatzkiste holte, ihn drehte und wendete, um dadurch herauszufinden, was er wohl darstellen könnte. Die Wirksamkeit dieser doch sehr unpräzisen, nicht kontrollierbaren Methode hatte Rumpler während seiner langjährigen Berufstätigkeit immer wieder verblüfft.

Kaum hatte er Sabines „Das war nicht er" wie ein Samenkorn in seinem Kopfacker versenkt, als sie die Frage stellte, mit der er gerechnet und die er auch ein wenig gefürchtet hatte. „Kannst du nicht herausfinden, was wirklich passiert ist?"

Rumpler hielt sich erst gar nicht mit der Ausrede auf, die rasch wie ein Eichhörnchen durch sein Hirn huschte. „Ich werd mit meinen Exkollegen reden. Moser ist zum Glück noch aktiv."

„Und er ist mir noch was schuldig", fügte Rumpler in Gedanken hinzu.

Wieder legte er seine Hand auf ihren Arm. „Sabine, ich muss dich warnen. Es gibt einen gar nicht geringen Anteil an Suizidfällen ...", setzte Rumpler an und dachte im selben Moment: „Fälle hätte ich nicht sagen dürfen. Karl ist kein Fall."

Nach einem kurzen Zögern sprach er weiter: „... die ohne Vorankündigung und für die Angehörigen völlig überraschend erfolgen und sich auch nicht plausibel erklären lassen. Ich werd mich aber informieren und halt dich auf dem Laufenden. Das versprech ich dir."

„Danke."

Rumpler beglich die Rechnung. „Kann ich dich mit dem Auto nach Hause bringen?", fragte er sie.

„Nein, lieber nicht, ich möcht allein sein und geh zu Fuß nach Haus. Ich muss mich bewegen."

Er half ihr mit einer fast altväterischen Behutsamkeit in den Mantel, als könnte er ihr dadurch einen Schutz mitgeben. „Du kannst mich immer anrufen. Tag und Nacht."

„Danke."

Rumpler umarmte sie und stellte erleichtert fest, dass die zitternde Erstarrung, mit der sie erschienen war, sich etwas gelöst hatte.

„Ich meld mich bei dir. Pass auf dich auf."

Sie sagte nichts, sondern hob nur kurz die Hand – ob zum Abschied oder zur Abwehr von Tränen vermochte Rumpler nicht zu sagen.

2.

Als er zu Hause ankam, empfing ihn Rosamunde mit Vorhaltungen. Er sei lange fort gewesen, er habe ihr nichts mitgebracht – normalerweise kaufte er für sie beim nahe gelegenen Fleischhauer eine Kleinigkeit – und überhaupt sei er mit seinen Gedanken nicht wirklich da. Es hatte keinen Sinn, ihr auch nur im Geringsten zu widersprechen. Rumpler gab ihr in allem recht. Als teilweise Wiedergutmachung ließ er ihr zunächst behutsam die Kopfmassage zukommen, die sie so liebte, samt einem ganz zarten Zwirbeln ihrer Ohrspitzen, was sie in Gnaden entgegennahm, und versorgte sie anschließend mit Futter. Erst jetzt, nachdem er seine Pflichten Rosamunde gegenüber hinreichend erfüllt hatte, ging er zu dem gegenüber von seinem Schreibtisch aufgestellten Kasten, einem mittelbraunen Jugendstilschrank mit schlichten, aber sehr schönen Messingbeschlägen. Er hatte ihn von seiner Großmutter geerbt und das Möbelstück war, wie er wusste, ein Teil ihrer Aussteuer gewesen.

Diesen Schrank hatte Rumpler schon vor längerer Zeit mit einigen zusätzlichen Regalbrettern ausstatten lassen und konnte daher darin die vormals übereinandergetürmten Kartons mit seiner abgelegten beruflichen Vergangenheit, von denen er jetzt einige hervorzog, besser geordnet verwahren. Fotos von internationalen Polizeikongressen tauchten auf, Urkunden über Ehrungen und Auszeichnungen, Berichte über seine wichtigsten Fälle, Zeitungsausschnitte und schließlich eine ziemlich umfangreiche Sammlung von Moleskinenotizbüchern, alle liniert, alle schwarz eingebunden und mit fortlaufenden roten Nummern versehen.

Obwohl die Nummern alle zu ihm sprachen, die meisten noch sehr deutlich, einzelne hingegen nur mehr ziemlich vage, widerstand Rumpler der Versuchung, das eine oder andere dieser Bücher zu öffnen und sich in die Vergangenheit hineinsaugen zu lassen. Er suchte die drei oder vier Bücher, die noch neu und unbeschrieben waren und daher auch keine Nummer trugen, und nahm eines davon heraus. In dem Moment, als er das tat, war ihm klar, dass er die Untersuchung von Karls Selbstmord mit diesem Akt zu seinem Fall gemacht hatte, obwohl doch keinerlei Anhaltspunkte für einen „Fall", wie er ihn verstand, vorlagen, außer vielleicht Sabines „Das war nicht er". Rumpler hatte diese Momente des Büchereröffnens immer ebenso geliebt wie gefürchtet, wahrscheinlich weil sich dabei für ihn die Neugierde und der Respekt vor dem Weg, den er zu gehen hatte und von dem nicht klar war, wohin er führen würde, mischten. Obwohl seine vierundsechzig Jahre nicht spurlos an ihm vorübergegangen waren, fühlte er sich in diesem Augenblick doch wie ein Jagdhund, den die Ahnung einer Witterung mit gespannten Muskeln die Luft prüfen ließ. Rumpler schüttelte sich kurz, um nicht endgültig in diesem ungefähren Zustand zu versinken, und wählte Mosers Nummer.

Sein Anruf wurde prompt beantwortet. „Moser."

„Hallo Stinker."

Kurzes Schweigen.

„Ich pack's nicht. Rumpler. Servus, Hans. Wie geht's dir?"

„Ich muss dich sprechen. Halb offiziell. Hast Zeit für mich?"

„Für dich doch immer. Morgen früh im Café Rathaus?"

„Gern. Passt neun Uhr für dich?"

„Ja. Ich freu mich."

Das Café Rathaus hatte Rumpler und seinem Team in seiner aktiven Berufszeit häufig als eine Art zweites Büro gedient. Immer wenn sie das Gefühl hatten, in einem Fall stecken geblieben zu sein, oder auch wenn es zu größeren Meinungsverschiedenheiten zwischen ihnen gekommen war, lieferte das Café Rathaus, das noch über ein eigenes, von grünen Filzbespannungen dominiertes Spielzimmer verfügte, mit dem beruhigenden Gemurmel der zahlreich vertretenen Pensionisten alle Voraussetzungen, um sich auf einen Fall wieder neu einzustellen.

Moser kam mit ein paar Minuten Verspätung. Sein ehemals extrem starker Rauchkonsum hatte ihm den Beinamen Stinker eingetragen, den er nicht ohne Stolz fast wie eine Auszeichnung, die ihm in einer längst vergangenen Ära verliehen worden war, noch immer trug, obwohl er aus gesundheitlichen Gründen bereits seit Jahren nicht mehr rauchte. Ohne auch nur im Mindesten zu zögern, steuerte er den in einer der Fensternischen gelegenen Tisch an, den sie früher immer beansprucht hatten und den Rumpler heute zur Sicherheit hatte reservieren lassen.

Ihre Begrüßung verlief stumm nach dem vertrauten Ritual. Moser hatte sich nicht verändert – auf einem stämmigen Körper saß ohne viel Hals dazwischen ein eher kantiger Schädel mit einer kräftigen, ganz leicht schiefen Nase und auffallend wachen, eher hellen Augen von einer schwer bestimmbaren Farbe. Seinen respektablen Bauchansatz, der ihn im Bedarfsfall aber keineswegs daran hinderte, sich mit ganz erstaunlicher Schnelligkeit zu bewegen, hatte Moser immer noch. Auch an seiner Gewohnheit, sein Sakko trotz erheblicher Spannung geschlossen zu tragen, hatte sich nichts geändert. Seinerzeit hatten die jüngeren Kollegen boshaft über ihn gesagt, er brauche keine Schusswaffe, weil er jederzeit imstande sei, einen Verbrecher mit seinen abspringenden Knöpfen zu erschießen.

Nach einem kritischen Blick auf Rumpler eröffnete Moser das Gespräch mit der Feststellung: „Du machst dir Sorgen."

„Mein Neffe Karl ist tot."

„Das tut mir leid. Der war doch als Bub für längere Zeit bei dir, als dein Bruder gestorben ist." Das war eine Feststellung, keine Frage, aber Rumpler hatte schon vor Jahren aufgehört, sich über das phänomenale Gedächtnis Mosers zu wundern.

„Ja, das war Karl. Er soll Selbstmord begangen haben. Vom Dach der Firma gesprungen, bei der er gearbeitet hat."

Noch während er das sagte, wunderte sich Rumpler ein wenig über seine eigene Formulierung, die Karls Rolle in der Sache völlig offenließ.

Moser hakte sofort ein. „Wieso soll? Hat es irgendwas Auffälliges dabei gegeben?“

„Eigentlich nicht, außer dass es so gar nicht zu Karl passt.“

„Und jetzt hast du Zweifel, ob alles mit rechten Dingen zugegangen ist, und willst nähere Informationen.“

„Ja. Es wär mir persönlich wichtig, dass ich versteh, was passiert ist, und es ist auch für Karls Frau Sabine wichtig.“

„Du weißt aber schon, dass du als Angehöriger in höchstem Maß befangen und daher alles andere als objektiv bist?“

„Das ist mir klar. Trotzdem will ich Näheres wissen.“

„Dann ist daran wohl nicht mehr zu rütteln. Du warst ja immer schon wie der Hund mit dem Knochen – wenn du ihn einmal hast, gibst du ihn nicht mehr her.“

„Kannst du mir helfen?“

„Ich denk schon. Ich werd mich morgen informieren, wer die Untersuchung gemacht hat, und du kriegst natürlich auch das Protokoll von mir – aber nur in Papierform, weil ich's dir offiziell nicht weiterleiten darf. Unsere E-Mails werden in letzter Zeit immer wieder kontrolliert, weil zu viel an die Zeitungen durchgesickert ist. Es ist ziemlich unpraktisch, aber man gewöhnt sich dran.“

„Wann sehen wir uns?“

„In zwei Tagen, also am Samstag. Das gibt mir noch ein bissl Zeit, dass ich mich auch sonst umhör.“

„Danke, Stinker.“

„Passt schon. Bis bald.“

3.

Rumpler ging vom Café nicht gleich nach Hause, sondern nutzte den kalten, klaren Wintertag für eine Runde im Volksgarten, der ihn mit seinem Rosengarten faszinierte, aber nicht, wie zu vermuten wäre, im Frühsommer, wenn sich die Blüten in voller Pracht zeigten, sondern vor allem jetzt im Winter. Die vielen Hundert Rosenstöcke waren alle mit Kaffeesäcken aus Jute verhüllt, was ihnen das Aussehen eines abstrakten Kunstwerks gab. Die Säcke waren den Rosen übergestülpt worden und ihre Beschriftung stand daher auf dem Kopf. Gerade dieses Verhüllte und auf den Kopf Gestellte war Rumpler wichtig und verschaffte ihm eine ihm selbst kaum verständliche Befriedigung. Durch jahrelange Übung war er ohne Weiteres in der Lage, die Aufschriften der Kaffeesäcke auch verkehrt herum zu lesen, und in Ermangelung eines Hafens, in dem er von ferne kommende Schiffe hätte beobachten können, ließ er seine Gedanken von den Jutesäcken mit auf die Reise nehmen.

Zum Abschluss seines Volksgartenbesuchs stattete er noch dem Denkmal der Kaiserin Elisabeth einen Besuch ab, wobei seine Aufmerksamkeit diesmal nicht so sehr der Kaiserin selbst galt, sondern den zu ihren beiden Seiten angeordneten Kinderskulpturen, die Krüge trugen, aus denen im Sommer Wasser sprudelte. Sie hielten diese Krüge mit größter Sorgfalt und einem sehr verhaltenen, fast entrückten Lächeln, und wieder fiel Rumpler das seltene Lächeln des kleinen Karl ein, das ebenfalls diese schwer fassliche Qualität gehabt hatte.

Rumpler verließ den Volksgarten in Richtung Heldenplatz, und kaum hatte er die große helle Fläche betreten, als er sich zwar nicht abgestoßen, aber doch ernüchtert fühlte, ganz so als hätte er eine unbestimmte Sehnsucht im Volksgarten zurücklassen müssen. Immer wenn er diesen Weg ging – und er ging ihn ziemlich oft –, hatte er das Gefühl, von der Unausweichlichkeit des Untergangs aus Joseph Roths „Radetzkymarsch“ angeweht zu werden, ja, sogar selbst an diesem Untergang der Monarchie gewissermaßen teilzuhaben, als sei er aus der Zeit gefallen.

Ohne nachdenken zu müssen, stieg er in eine Straßenbahn, verließ sie nach einigen Stationen wieder und ging die paar Hundert Meter zu seiner Wohnung, nicht ohne vorher für Rosamunde und auch sich selbst etwas Schinken gekauft zu haben, um nicht wieder mit leeren Händen zu kommen. Rumplers Wohnung lag in einem Altbau in der Josefstadt, ohne Lift, und wie so oft fragte er sich beim Emporsteigen in den dritten Stock, ob ihn das gesund erhalte oder ob er etwa bei Knie- oder Hüftproblemen nicht in der Wohnung werde bleiben können. Bislang war er von solchen Sorgen weitgehend verschont worden, aber in den letzten zwei oder drei Jahren hatten sich immer wieder einmal da oder dort Schmerzen gemeldet, nicht lange anhaltend, eher nur wie ein Wetterleuchten, Schmerzen, die ihn kaum beschäftigten, aber doch unmerklich an seinen Wurzeln nagten.

Rosamunde empfing ihn gnädig, schnurrte und purrte, wohl wissend, dass er ihr diesmal etwas mitgebracht hatte, sie ließ sich den Schinken aufschneiden und servieren und verspeiste ihn trotz ihrer stattlichen Figur mit einer Gier, die Rumpler an die Zeit zurückdenken ließ, als er sie ausgemergelt und verlaust im Urlaub in Kärnten aufgelesen hatte – oder hatte sie ihn damals aufgelesen? Er wusste es einfach nicht mehr und letztlich war es auch egal. Sie hatten einander gefunden, wie auch immer.

Rumpler griff nach seinem neuen Notizbuch, das er auf dem Tisch hatte liegen lassen, und machte einige Eintragungen, nachdem er in Großbuchstaben wie ein Leitmotiv den seltsamen Satz „Das war nicht er“, der neuerlich vor ihm aufgetaucht war, auf die erste Seite geschrieben hatte. Dann klappte er das Buch zu und schloss kurz die Augen. Als er sie wieder öffnete, sah er, dass Rosamunde sich auf dem Buch niedergelassen hatte, mit nach innen eingerollten Vorderpfoten und wie ein schnurrender Buddha.

„Gute Katze“, sagte Rumpler, der seit Längerem dem Glauben anhing, dass sich nur die Fälle, die von Rosamunde ausgebrütet wurden, auch erfolgreich lösen ließen.

4.

Zwei Tage später, am fünfzehnten Jänner, meldete sich Moser. „Hallo Hans. Heute Abend um sieben im Café Rathaus?"

„Hallo Stinker. Das passt. Bis bald."

Dieses Mal war Moser als Erster im Café. Als Rumpler eintraf, sah er, dass Moser ein wenig im „Falter" blätterte – wohl weniger aus Begeisterung, als vielmehr in dem unbewussten Wunsch, sich von der Boulevardblätter lesenden Mehrheit der Kaffeehausbesucher etwas abzuheben.

„Servus, Hans."

„Servus, Stinker. Was hast du herausgefunden?"

„Die Fakten sind ziemlich klar. GVD ist eine Firma, die für ihre Kunden, so richtig G'stopfte, extrem hohe Werte in Form von Edelmetallen, vor allem Gold, verwahrt. Das Gebäude ist daher aus Sicherheitsgründen mit Kameras gespickt und über die Kontrolle der Videoaufnahmen hat sich der Zeitpunkt des Sprungs auf ein Zeitfenster von nur zwei Minuten einengen lassen. Karl muss am elften Jänner zwischen zwanzig Uhr siebzehn und zwanzig Uhr neunzehn gesprungen sein. Es gibt zwei Arten von Videokameras im Gebäude – solche im Hochsicherheitsbereich, die ununterbrochen überwacht werden, und andere, die in regelmäßigen Abständen dem Sicherheitsdienst Bilder zuspielen. Karls Zimmer, das ihm als Büro zur Verfügung stand, wenn er nicht grad im Tresor beschäftigt war, liegt im dritten Stock. Eine Kamera in der Nähe des Aufzugs hat ihn um zwanzig Uhr elf erfasst. Ich kann dir später die Bilder zeigen. Er muss dann in den sechsten Stock, also das oberste Geschoss gefahren sein, von dem aus man durch eine versperrte Tür auf eine kleine Terrasse gelangt, die wegen des sonst im ganzen Haus gültigen Rauchverbots gerne von den Rauchern benutzt wird. Um zwanzig Uhr dreizehn hat Karl diese Tür mit seinem Ausweis samt Zugangscode geöffnet und dann muss er gesprungen sein. Die Außenhaut des Gebäudes wird mit Videoanlagen permanent überwacht und wir haben damit den Zeitpunkt seines Aufpralls auf die Minute genau festlegen können."

„Ist es ausgeschlossen, dass jemand bei ihm war?"

„Ja. Die Kollegen sind ganz sicher, dass er allein war. Abgesehen vom dauernd anwesenden Sicherheitsdienst, der seinen auf die Minute genau festgelegten Kontrollroutinen folgt, waren außer Karl insgesamt nur sechs Mitarbeiter im Haus. Vier davon waren gemeinsam in einer Sitzung und haben das bei der Befragung auch zweifelsfrei bestätigt. Dann waren noch der Leiter der IT, ein gewisser Edwards, Alexander Edwards, der auch für die Sicherheit zuständig ist, und Robert Schnirch, ein Kollege von Karl, der ebenfalls im Tresor arbeitet, also ein sogenannter Sperrführer, im Haus."

„Wie sind deren Alibis überprüft worden?"

„Der IT- und Sicherheitschef Edwards hat zum Zeitpunkt von Karls Sturz nachweislich ein längeres Telefonat mit dem für den Goldtresor verantwortlichen Sperrführer Schnirch geführt."

„Wie konnte das festgestellt werden?"

„Die Firma zeichnet die Gespräche selbst zwar nicht auf, aber sie registriert Beginn und Ende jedes Telefonats und hält auch die entsprechenden Nummern fest. Wir wissen deshalb genau, wer wann mit wem wie lange telefoniert hat."

„Praktisch."

„Sei nicht ungerecht, Hans. Der Sicherheitschef hat mit seinem Kollegen Schnirch routinemäßig relativ oft telefoniert, beinahe ebenso häufig wie mit Karl. Wir haben das für einige Wochen überprüft und dabei überhaupt nichts Auffälliges gefunden. Darüber hinaus haben Mitarbeiter des Wachdienstes bestätigt, dass sie während des kritischen Zeitraums sowohl Edwards als auch Schnirch in deren Büros beim Telefonieren gesehen haben."

„Dann ist das so. Was hat die Befragung der anderen Kollegen und der Vorgesetzten ergeben?"

„Nicht viel, außer dass alle von Karls Vorgesetzten, aber auch einige seiner Kollegen erwähnt haben, dass sich Karl in letzter Zeit immer wieder wegen seiner Gesundheit besorgt geäußert hätte."

„Das klingt fast so, als hätten sie ein Interesse an einer plausiblen Erklärung für Karls Selbstmord."

„Vielleicht ist das ja auch so. Ein unerklärlicher Selbstmord in einer Firma, die sehr hohe Werte verwahrt, wäre kontraproduktiv, weil er zu Spekulationen Anlass geben und damit die Kunden leicht verunsichern könnte."

„Seid ihr noch an der Sache dran oder ist der Fall für euch abgeschlossen?", hakte Rumpler nach.

„Die Kollegen sind fertig und der Abschlussbericht steht. Falls du dich aber informell als Privatperson weiter erkundigen willst, kann ich dir einen Tipp geben. Die beste Freundin meiner Tochter, eine gewisse Sonja Förster, arbeitet seit etwa fünf Jahren im IT-Bereich von GVD und ich könnt dir einen Kontakt zu ihr herstellen. Das muss aber unbedingt unauffällig bleiben, sonst kriegt sie in ihrem Job massive Probleme – sie kann nämlich ganz schön vorlaut sein und ist darum bei ihren Vorgesetzten nicht sehr beliebt."

„Ist klar. Ich würd gern mit ihr sprechen."

„Ich seh sie heute Abend, wenn sie meine Tochter besucht. Sie wird dich anrufen."

Der erwartete Anruf kam knapp nach einundzwanzig Uhr. Rumpler vereinbarte aus Sicherheitsgründen, die er ihr auch erklärte, mit Sonja Förster ein Treffen in seiner Wohnung für den nächsten Abend. Ihre volle, sehr klare Stimme hatte Rumpler gefallen und er fragte sich, wie sie wohl aussah, während er sich bewusst wurde, dass sie leicht seine Tochter sein könnte, und er sich einen alten Deppen schalt. Aber trotzdem.

Während er sich noch diesem Ganz-alt-ganz-jung-Gefühl hingab, begann er mit der wöchentlichen Routine der Pflege seiner Orchideen. Er hatte keine seltenen Sorten, sondern vorwiegend Phalaenopsis, die er wegen ihrer großen Verbreitung „Hausmeisterorchideen“ nannte, aber seine Pflanzen trugen wunderbare Blüten, die meist auf weißem Grund fantastische Einsprenkelungen von Rot- und Violetttönen zeigten. Einmal wöchentlich spülte er die Wurzelballen mit lauwarmem Wasser gründlich durch und bei dieser Gelegenheit sprach er auch mit seinen Orchideen – tröstende oder aufmunternde Worte, je nachdem. Das Zurückstellen der Pflanzen erforderte größte Sorgfalt. Mit der Zeit waren es nämlich so viele geworden, dass das Blumenfenster, wie Rumpler sein einziges ihm zur Verfügung stehendes breites Fenster nannte, kaum mehr Platz bot. Nichtsdestotrotz hatte sich Rosamunde über die Jahre das Recht ersessen – oder hatte sie es sich eigentlich erlegen? –, zwischen den Pflanzen einen, wenn auch nur kleinen, Ruheplatz zu haben. Die getigerte Katze, umgeben von den feuchten Orchideen, ließ ihn an Kiplings Dschungelbuch denken, das er als Kind mit Begeisterung gelesen hatte. Das hätte er auch jetzt gerne wieder einmal getan, aber letztlich entschied er sich doch immer wieder dagegen, um das Buch nicht durch seinen mittlerweile erwachsenen Blick zu entzaubern.

Kaum war Rumplers Pflanzendusche zu Ende, als Rosamunde, um ihr Liegerecht nicht abkommen zu lassen, auch schon ihren angestammten Platz bezog. Rumpler nahm sein nunmehr bereits eingeweihtes Notizbuch und machte Eintragungen. Zum Teil waren das sehr ausführliche, beinahe weitschweifige Sätze in ziemlich schöner Schrift, zum Teil kaum lesbare Andeutungen einzelner Worte, seltsame Fragmente von Rumplers Gedanken, manchmal auch nur Abkürzungen. Während seiner Nachdenkpausen versah Rumpler die Zwischenräume im Text manchmal mit abstrakten, winzig kleinen Bildern.

5.

Das Treffen mit Sonja Förster verblüffte Rumpler. Er hatte, warum auch immer, mit einer kurz- und hellhaarigen Frau gerechnet – Sonja hatte langes schwarzes Haar. Außerdem hätte er den Klang ihrer vollen Stimme nie und nimmer in Verbindung mit einem so drahtigen Körper erwartet. Sie war extrem schlank, einfach, beinahe schlicht gekleidet und nicht geschminkt. In ihren blaugrauen Augen sah Rumpler eine Lebendigkeit, die ihn anzog und mit ihrer sprudelnden Vitalität beinahe ein wenig erschreckte. Die Festigkeit ihres Händedrucks überraschte ihn.

„Danke, dass Sie gekommen sind, Frau Förster", begrüßte er sie.

„Gern. Sagen Sie Sonja zu mir. Anna hat mich gebeten, diesen Termin wahrzunehmen."

„Ich bin der Onkel ihres unlängst verstorbenen Kollegen Karl Rumpler."

„Ich weiß. Anna hat mich informiert." Sie nickte verstehend.

„Karls Tod ist für mich auf Basis des offiziellen Polizeiberichtes nicht plausibel nachvollziehbar."

„Das versteh ich nicht."

„Ich hab mich schlecht ausgedrückt. Der Bericht ist in sich schon stimmig und auch nachvollziehbar, er bestätigt Karls Selbstmord. Was aber überhaupt nicht dazu passt, ist Karls Persönlichkeit, wie ich sie gekannt hab."

„Ich hab Karl zwar nur lose gekannt, aber ich glaub, ich versteh, was Sie meinen", bestätigte Sonja Förster.

„Wenn Sie mir bei meinen Recherchen helfen, ist das für Sie nicht ohne Risiko."

„Das ist mir recht. Risiko interessiert mich."

„Sonja, ich möcht nur, dass Sie sich über meine und auch Ihre Position im Klaren sind. Ich bin ein seit zwei Jahren pensionierter

Polizeibeamter und daher bei meinen Recherchen auf inoffizielle Hilfe angewiesen. Derartige Nachforschungen, wie wir sie jetzt vielleicht ins Auge fassen, sind in Firmen wie GVD alles andere als willkommen. Da tut sich selbst die Polizei schwer und trifft oft auf eine Mauer des Schweigens. Ihre Unterstützung meines Vorhabens kann sehr leicht als Vorwand dienen, Sie um Ihren Job zu bringen."

„Ich bin ganz gut im Training."

Rumpler schwieg kurz, entschloss sich aber dann, nicht weiter nachzufragen, was genau darunter zu verstehen sei. „Sonja, könnten Sie mir zunächst etwas über GVD erzählen? Außer den wenigen Informationen, die ich von Karl hatte, weiß ich kaum etwas."

„Gern. GVD ist ein sehr junges Unternehmen – ich glaube, die Firma ist keine zehn Jahre alt. Sie befindet sich überwiegend in ausländischem Eigentum und ist in mehreren europäischen Hauptstädten, so auch in Wien, mit Niederlassungen vertreten. Die Firma hat vor Beginn ihrer Geschäftstätigkeit in Wien außerhalb des Gürtels, aber in noch immer ausreichend zentraler Lage, ein ziemlich großes Grundstück gekauft und darauf ein genau auf ihre Zwecke abgestimmtes Gebäude errichten lassen. Dazu gehören ein ausgetüfteltes Schleusensystem für die Wertetransportwagen, eine dreigeschossige Unterkellerung und ein großer Parkplatz für Kunden und Mitarbeiter der Firma. Die wichtigste Geschäftstätigkeit von GVD ist die sichere Aufbewahrung von sehr hohen Werten, und zwar von Edelmetallen, allen voran natürlich Gold.

Grundsätzlich wird so etwas auch von Banken angeboten, aber die sind auf dieses Geschäft nicht wirklich spezialisiert und daher nicht immer flexibel. In den meisten Banken gibt es für deren Kunden nur Standardschließfächer in ein bis zwei Größen zu mieten. Die internationale Krise der Finanzmärkte hat die Nachfrage der Kunden nach Edelmetallen, vor allem Gold, deutlich erhöht und damit wurden auch mehr und zum Teil größere Schließfächer benötigt, die jedoch in den Banken nicht in ausreichender

Menge verfügbar waren. GVD hat diese erhöhte Nachfrage nach Tresorraum geschickt ausgenutzt und bietet seinen Kunden bei der Verwahrung und Verwaltung von Edelmetallbeständen einen umfassenden Service und viel Flexibilität.

Dazu gehört beispielsweise auch eine Überprüfung der Echtheit von Barren oder Münzen, die mit modernsten technischen Geräten stattfindet. Das weitaus wichtigste Geschäft von GVD ist die Verwahrung sogenannter Bullion Coins, also eigentlich von Goldbarren in Münzform. Das sind in Österreich die bekannten Philharmoniker-Münzen oder zum Beispiel in Kanada die sogenannten Maple Leafs. Den einzelnen Kunden sind im Hochsicherheitstresor ganz bestimmte Regalplätze zugewiesen, wo ihre Münzbestände offen, meist in Plastikkapseln zu jeweils zehn Münzen, die dann oft wiederum zu größeren Einheiten von zehn Kapseln zusammengefasst werden, lagern. Es handelt sich dabei also nicht um Schließfächer, die nur im Beisein des Kunden geöffnet werden können, sondern um offen auf den einzelnen Plätzen liegende Bestände.

Die Kunden selbst werden aus Sicherheitsgründen nicht bis in den Tresorbereich vorgelassen, sondern nur die sogenannten Sperrführer, also jene Mitarbeiter, die – so wie das bei Karl der Fall war – direkt im Tresor arbeiten, und die dazu befugten Kontrollorgane. Für Kunden gibt es eigene Räume, in denen sie ihre Münzbestände überreicht bekommen, die sie aus dem Tresor holen wollen.

Über den jeweiligen Bestand und die entsprechenden Zu- oder Abgänge werden den Kunden Bestätigungen ausgestellt. Es ist also so ähnlich wie bei einem Konto bei einer Bank, aber mit dem wesentlichen Unterschied, dass der gesamte Goldbestand jedes Kunden auch immer vorrätig gehalten werden muss. Hauptkunden von GVD sind reiche Private, die oft in Form von Stiftungen vertreten sind, sowie institutionelle Investoren.

Das Vertrauen der Kunden zu GVD beruht unter anderem auf dem sehr hohen Eigenkapital der Firma, wodurch sie finanziell weitgehend unabhängig ist. Durch die internationale Finanzkrise boomt das Geschäft von GVD. Die Firma sitzt im wahrsten Sinn des Wortes auf einer Goldgrube, obwohl sie für ihre Kunden natürlich auch andere Edelmetalle wie Silber, Platin oder Palladium verwahrt."

Rumpler schwirrte der Kopf von der Fülle dieser für ihn neuen Informationen. „Vielen Dank für diesen guten Überblick. Eine ganz andere Frage: Haben Sie vielleicht Zugang zu den Telefonaufzeichnungen in Ihrer Firma?"

„Wenn ich Ihren Laptop benutzen darf, sollte sich das problemlos machen lassen. Wie ich gesehen hab, sind Sie online."

„Ja, das bin ich praktisch immer, außer wenn ich im Urlaub bin."

„Dann steig ich jetzt bei Ihnen ein. Was konkret interessiert Sie?", wollte Sonja wissen.

„Ich hab hier eine Liste der sechs Personen, die – abgesehen vom Wachdienst – zum Zeitpunkt von Karls Tod im Haus waren. Ich hätt gern eine Übersicht über sämtliche Telefonate, die von diesen Personen in den letzten zwölf Monaten geführt worden sind."

„Das sollt kein Problem sein, vor allem, weil wir ähnliche Listen auch schon für die Polizei gebraucht haben. Nach welchen Kriterien soll ich die Liste denn zusammenstellen?"

„Wie meinen Sie das?", hakte Rumpler leicht irritiert nach.

„Wenn ich einfach eine chronologische Liste für das letzte Jahr herunterziehe, dann haben Sie bei jedem der sechs Mitarbeiter pro Tag, grob geschätzt, zwanzig Telefonate, was bei zweihundert Arbeitstagen insgesamt etwa vierundzwanzigtausend Telefonate ergibt. Wir sollten daher für etwas Ordnung sorgen, um nicht den Überblick zu verlieren."

„Da haben Sie natürlich recht. Spannend wär eine Trennung in Telefonate mit internen und externen Gesprächspartnern, gereiht nach der Häufigkeit und Länge der Telefonate. Die Gespräche, an denen jeweils zwei Personen unserer Sechserliste beteiligt waren, sind für mich besonders interessant und sollten gesondert erfasst sein. Zusätzlich wär ich auch an den detaillierten Dienstplänen des Wachpersonals interessiert, die zum Zeitpunkt von Karls Tod in Kraft waren."

„Kein Problem. Wenn Sie uns etwas zu trinken holen, mach ich mich inzwischen an die Arbeit."

Rumpler vermied es, ihre Entschlossenheit zu schwächen, indem er sie nach den für ihn unverständlichen Möglichkeiten, sich von seinem Wohnzimmer aus ins System von GVD einzuschalten, fragte.

Als er mit einer Flasche Wein, einem Welschriesling aus Gamlitz in der Südsteiermark und einem Krug Wasser wiederkehrte, flogen ihre Finger so rasant über die Tastatur seines Laptops, dass er mit dem Staunen nicht nachkam. Während Rumpler den Wein einschenkte, stellte er mit einem gelinden Anflug von Eifersucht fest, dass Rosamunde es sich in der Zwischenzeit auf Sonjas Schoß gemütlich gemacht hatte.

Als ob sie Gedanken lesen könnte, sagte diese, ohne ihre Fingerübungen auch nur im Mindesten zu verlangsamen oder gar zu unterbrechen: „Ich mag Katzen gar nicht so besonders, aber sie kommen trotzdem zu mir."

Wie zur Bestätigung begann Rosamunde zu schnurren, zur gleichen Zeit wie Rumplers Drucker. Während der Dienstplan des Wachpersonals nur drei Seiten umfasste, waren die Telefonlisten mit etwa zwanzig sehr eng beschriebenen Seiten viel umfangreicher, als Rumpler erwartet hatte.

„Vielen Dank, Sonja. Jetzt sollten wir noch mögliche Muster erkennen können."

„Welche Muster?"

„Es sollten die Telefonate weggefiltert werden, die beispielsweise täglich zu einer bestimmten Zeit oder in einem bestimmten Zeitfenster geführt worden sind."

„Okay, dann schlag ich vor, wir beginnen mit den Tagesroutinen." Wieder gab sie einige Befehle in den Computer ein.

„Rechenhexe", dachte Rumpler.

Sie wies auf den Bildschirm. „Hier sind die täglich wiederkehrenden Muster. Beispielsweise gibt es für die im Tresor tätigen

Mitarbeiter, die sogenannten Sperrführer wie Karl oder auf unserer Liste auch Schnirch, das Erfordernis, zu Arbeitsbeginn den Alarm im Tresorraum durch ein Telefonat aus- und am Abend durch ein Telefonat mit dem Sicherheitsdienst wieder einschalten zu lassen. Weiter unten sind die Wochenroutinen, beispielsweise die Abstimmtelefonate zu wöchentlichen Treffen."

„Gut. Könnten Sie jetzt diese Routinetelefonate wegfiltern und vom Rest nur die internen Gespräche nach weiteren Mustern untersuchen?", bat Rumpler die junge Frau.

„Das sollte kein Problem sein. Ich hab hier die Telefonate erfasst, die im letzten Jahr einmal täglich oder einmal pro Woche stattgefunden haben, wobei ich für Urlaub und Krankheit gewisse Abweichungen erlaubt hab. Diese Telefonate lösche ich jetzt aus der Liste. Für die restlichen Gespräche muss ich die Kriterien für das Herausfinden von Auffälligkeiten noch definieren. Ich kann jetzt zum Beispiel die letzten drei und sechs Monate und die letzten ein bis vier Wochen durchlaufen und sie auf solche möglichen Auffälligkeiten wie etwa ungewöhnliche Länge oder Häufigkeit überprüfen."

„Bestens, vielen Dank."

Rumpler nahm einen Schluck Wein, Rosamunde schnurrte, Sonja schrieb. Dann kam die Auswertung aus dem Drucker. Sie war noch immer ziemlich umfangreich. Rumpler blätterte sie kurz durch, und ohne zu verstehen, warum, wusste er sofort, dass sie etwas Relevantes enthielt.

„Vielen Dank, Sonja. Sie haben mir sehr geholfen." Er beschloss, die Liste später nochmals genau durchzugehen.

Sonja blickte kurz auf.

„Sie weiß genau, dass ich etwas Wesentliches gesehen habe", dachte Rumpler, ohne dass er selbst begriff, um was es sich handelte.

Sonja ließ den Wein in ihrem Glas kreisen, und als sie sagte: „Sie müssen mir nichts erklären. Ich respektiere Ihr Schweigen", wurde sie Rumpler fast ein wenig unheimlich und er wechselte rasch das Thema.

„Sonja, ich komm mit den gesundheitlichen Sorgen als Motiv für Karls Selbstmord nicht ganz klar. Kennen Sie vielleicht jemanden in der Firma, mit dem Karl näher in Kontakt war?"

„Ich glaub, Karl hat sich gelegentlich mit einem Kollegen vom Wachdienst unterhalten, einem Herrn Wegener. Den könnt ich fragen. Ohne dass es zu sehr auffällt", ergänzte sie rasch, als Rumpler schon zu einer Warnung ansetzte.

„Eine veritable Hexe", dachte Rumpler.

Rosamunde wechselte von Sonjas Schoß auf ihren Orchideenplatz. Sonja nutzte die Gelegenheit, verabschiedete sich und ging.

6.

Zwei Tage später rief sie ihn an. „Hallo, Herr Rumpler. Ich hab was für Sie."

„Wann können wir uns treffen?"

„Heute Abend – am besten wohl wieder bei Ihnen", schlug Sonja vor.

„Passt Ihnen acht Uhr?"

„Ja, das geht sehr gut."

„Wollen Sie eine Kleinigkeit essen?"

„Gern."

„Bis später."

Speziell wenn es ums Kochen ging, war Rumpler dem Schicksal dankbar, das ihm vor einigen Jahren eine durchaus erwähnenswerte Erbschaft seitens eines Onkels mütterlicherseits, den er kaum gekannt hatte, bescherte. Das hatte seine finanzielle Unabhängigkeit großzügig abgesichert und es ihm unter anderem zu seiner Freude ermöglicht, seine ziemlich große Küche mit neuen Möbeln auszustatten und auch technisch auf den neuesten Stand zu bringen. Auf eine Mikrowelle hatte er dabei allerdings aus Prinzip verzichtet, wie er bei jeder Gelegenheit betonte. Rumpler hasste Mikrowellen, obwohl sie unbestritten praktische Geräte waren. Sie waren ihm zutiefst zuwider.

Rumpler hatte bis zum Treffen mit Sonja noch einige Stunden Zeit. Er beschloss, ein Hühnchen mit mediterranen Zutaten zu machen, das sich frisch, aber auch kalt sehr gut essen ließ, falls etwas übrig bleiben sollte. Sein Fleischhauer gab ihm die gewünschten Teile – zu Rumplers Freude waren gerade frische steirische Freilandhühner eingetroffen. Ohne zu fragen, packte der Fleischhauer, der mit den Jahren über Rosamundes Vorlieben bestens informiert worden war, mit den Worten „Geht aufs Haus" neben Rumplers Bestellung auch ein kleines Stück Kalbsleber ein. Rumpler bedankte sich in seinem und Rosamundes Namen, holte im Supermarkt Kapern, Oliven, zwei unbehandelte Zitronen, einen Bund Jungzwiebeln und zwei Baguettes und kehrte nach Hause zurück.

Nachdem Rosamunde ihn dank der mitgebrachten Leber ausgesprochen freundlich empfangen hatte, durfte er sich ans Kochen, zuerst natürlich der Leber und dann erst des Hühnchens, machen. Er hatte immer schon gerne gekocht, schon als Kind hatte er seinem Vater beim Kochen zugeschaut und auch oft geholfen. Die Hühnerteile briet er in Olivenöl mit einem großen Löffel Butter an und bestrich sie anschließend mit einer Marinade aus Dattelsirup, einem Geschenk Sabines, das Rumpler sofort wieder an Karl denken ließ, Olivenöl und zerstoßenem Chili. Dann füllte er die Hühnerteile samt Oliven und Kapern in eine feuerfeste Form und gab noch etwas frisches Olivenöl, einen Schuss Weißwein und die grob geschnittenen Jungzwiebeln dazu. Als er zuletzt reichlich Zitronenschale darüber rieb, erinnerte ihn ihr Duft so stark an Italien, dass er sich auf der Stelle einen kleinen Espresso machen musste in der Qualität, die von den Einheimischen „un signor caffè“ genannt wurde. Als Wein wählte Rumpler einen leichten Morillon, den er im Vorjahr von einem herbstlichen Ausflug in die Südsteiermark mitgebracht hatte. Bei den derzeit vorherrschenden winterlichen Verhältnissen konnte es nicht falsch sein, den Glauben an das Frühjahr mit so einem Wein am Leben zu erhalten.

Wie schon beim ersten Mal kam Sonja extrem pünktlich. Sie war ganz in Schwarz gekleidet mit Ausnahme eines leuchtend blauen Schals. „Das riecht ja fantastisch“, sagte sie statt einer Begrüßung und ließ sich von ihrem Geruchssinn gleich in die Küche leiten, wo sie Rumplers Hühnchen im Rohr schmurgeln sah und es gehörig bewunderte.

Rumpler freute sich. „Bis zum Essen dauert’s noch etwa eine Dreiviertelstunde. Wollen Sie vielleicht inzwischen einen Kaffee?“

„Sehr gerne. Bitte schwarz, kurz, keine Milch und keinen Zucker."

„Genau wie ich", dachte Rumpler, der froh war, dass er auch spätabends noch Kaffee trinken konnte, ohne Probleme mit dem Einschlafen zu bekommen.

Er brachte zwei Espressi und einen Krug Wasser und setzte sich auf einen seiner beiden dunkelbraunen, mit dickem Leder bezogenen, bereits etwas abgeschabten Fauteuils. Auf den Armlehnen war die eine oder andere leichte Perforierung zu sehen, die dem Wirken Rosamundes zuzurechnen war.

„Danke, dass Sie gekommen sind, Sonja. Was haben Sie herausgefunden?", begann Rumpler das Gespräch.

„Das gesundheitliche Motiv für den Selbstmord Karls war nur vorgeschoben. In Wirklichkeit war der Grund eine Veruntreuung von Gold", kam Sonja direkt zum Punkt.

„Karl soll Gold veruntreut haben?"

„Ja."

Rumpler schwieg.

Sabines „Das war nicht er" tauchte wieder in ihm auf, noch stärker als vorher, aber das behielt er für sich. „Wie haben Sie das herausgefunden?", wollte er wissen.

„Das Direktorium von GVD trifft sich einmal wöchentlich jeden Donnerstag. Wenn aber etwas Außergewöhnliches passiert, findet sofort ein Treffen statt. So war es auch nach dem Tod von Karl."

„Und woher wissen Sie, was dort besprochen wurde?"

„Zu praktisch jeder Direktoriumssitzung gibt es ein Protokoll. Zu dieser gab es keines. Das hat mich neugierig gemacht. Sehr vertrauliche Besprechungen werden offiziell gar nicht protokolliert, aber in Wirklichkeit gibt es dazu speziell verschlüsselte Protokolle, die strikt getrennt von den offiziellen Unterlagen gespeichert werden."

„Und Sie haben Zugang zu diesen geheimen Protokollen?"

„Eigentlich nicht. Ich bin einmal durch einen Zufall darüber gestolpert."

„Gut“, sagte und „Heikel“, dachte Rumpler. „Und was steht in diesem offiziell nicht vorhandenen Protokoll?“

„Im Wesentlichen, dass Karl aus dem Bullion-Münzen-Depot eines Kunden eine sehr kleine Menge Gold, und zwar zehn Unzen im Gegenwert von insgesamt etwa zehntausend Euro, veruntreut hat. Das ist am Tag seines Selbstmords festgestellt worden. Es soll sich dabei aber nur um eine Art Probegeschäft gehandelt haben, weil in seinem Computer Hinweise darauf gefunden worden sind, wie er Gold in richtig großem Stil an sich bringen wollte. Für den Tag nach Karls Tod war kurzfristig eine außerordentliche Kontrolle des Golddepots festgesetzt worden und das muss er auf irgendeine Weise erfahren und daraufhin die Nerven verloren haben.“

„Steht noch was im Protokoll?“

„Nur dass eine offizielle Meldung beziehungsweise Untersuchung der Goldunterschlagung durch die Polizei wegen des für die Firma damit verbundenen Vertrauensverlustes auf jeden Fall zu vermeiden ist. Das erklärt wohl auch das beharrliche Betonen von Karls gesundheitlichen Problemen als Grund für seinen Selbstmord. Dann war im Protokoll noch ein ausdrückliches Lob für das verantwortungsvolle Verhalten von Alexander Edwards, des IT- und Sicherheitschefs, festgehalten, der in Eigenverantwortung zum Schutz der Firma sämtliche Hinweise in Karls Computer, die es im Zusammenhang mit seiner tatsächlichen und weiterhin geplanten Goldunterschlagung gab, sofort gelöscht und stattdessen den kurzen Satz über Karls gesundheitliche Probleme hineingestellt hat.

Letztlich wurde noch besprochen, welche Sicherheitsmaßnahmen gegen solche Vorkommnisse zu ergreifen sind.“

„Worum ging es da?“

„Es wurde festgestellt, dass das Problem vor allem darin bestand, dass sehr lange ruhende Goldbestände, also solche, bei denen der Eigentümer über viele Jahre hinweg nicht auftaucht, für Unterschlagungen besonders anfällig sind. Daher wurde nach eingehender Diskussion der IT-Chef Edwards, der auch alle

Sicherheitsfragen der Firma koordiniert, beauftragt, ein neues IT-System zu entwickeln. Damit sollen auch die sonst lange ruhenden Goldbestände nach einem Zufallsprinzip immer wieder bewegt werden, sodass für die verantwortlichen Sperrführer keinerlei Sicherheit mehr haben können, welche Bestände häufig bewegt werden und welche nicht."

„Werden Sie an der Entwicklung dieses neuen Systems beteiligt sein?"

„Ich glaub nicht. Das System soll ja ohne Information und für die Sperrführer überraschend eingesetzt werden, deshalb glaub ich eher, dass nur sehr wenige Mitarbeiter damit befasst sein werden. Sonst könnt es nämlich auch zu Fragen für den Anlass dieser Maßnahme kommen und das soll auf jeden Fall vermieden werden."

„Vielen Dank, Sonja. Sie waren großartig."

„Es war für mich sehr interessant, mir das anzuschauen."

„Wir sollten jetzt was essen."

Rumpler schenkte den grüngelben Morillon ein, holte das Hühnchen aus dem Rohr und richtete für Sonja und sich zwei Portionen her. Die leichte Süße des Dattelsirups auf der knusprigen Oberfläche des Hühnchens wurde von einem sanften Chilinachglühen abgelöst. Sonja war begeistert. Sie aß mit einem fast kindlichen Heißhunger, der Rumpler ein wenig rührte.

Als sie fertig waren, half sie Rumpler, das Geschirr in die Küche zu tragen. Ins Wohnzimmer zurückgekehrt, holte er eine Flasche Grappa hervor und schenkte zwei kleine Gläser ein. Sie prosteten einander zu.

„Sonja, hatten Sie vielleicht Gelegenheit, mit dem Herrn vom Wachdienst, ich glaube, er hieß Wegener, zu sprechen?"

„Ja, aber ich hab von ihm zu Karls möglichem Motiv nichts erfahren. Wegener war nämlich gerade sehr aufgeregt, als ich mit ihm gesprochen hab. Er ist ja beim Wachdienst, ein Expolizist wie auch einige seiner Kollegen bei GVD, und er hat kürzlich massive Probleme mit seinem Vorgesetzten Edwards gehabt. Der Wachdienst hat zeitlich genau festgelegte Kontrollroutinen einzuhalten und Edwards hat Wegener wegen einer Abweichung von nur eineinhalb Minuten zur Schnecke gemacht. Das war aber noch nicht alles. Edwards hat auf einem offiziellen Bericht über den Vorfall bestanden und jetzt fürchtet Wegener, der verheiratet ist und zwei kleine Kinder hat, um seinen Job."

Rumpler versenkte Edwards' Verhalten gegenüber Wegener in seinem Gedankenacker. „Hat dieser Auftritt vor oder nach Karls Tod stattgefunden?"

„Ich glaub, das war knapp davor. Das genaue Datum weiß ich leider nicht."

„Das macht nichts. Dieser Edwards dürfte kein sehr angenehmer Mensch sein."

„Ich kenn kaum einen Mann, der Edwards mag, aber bei einigen Frauen kommt er sehr gut an, bei anderen wiederum gar nicht."

Rumpler brauchte Sonja nicht zu fragen, welcher der beiden Kategorien sie zuzurechnen war.

Sie kamen nochmals auf das Protokoll zu sprechen, weil Rumpler wissen wollte, wer an der Sitzung teilgenommen hatte.

„Das waren der Generaldirektor Laffer, sein Stellvertreter Grütz, weiters Frau Sporavsky, die Personalchefin, und zuletzt noch Felsinger, dessen Aufgabenbereich das Marketing ist. Die Informationen für die Sitzung hat Edwards geliefert, der ja für IT und Sicherheit zuständig ist."

„Könnten Sie mir alle kurz beschreiben?"

„Gern. Laffer, der Generaldirektor, ist erst seit einem Jahr in der Firma, nachdem sich der Aufsichtsrat mit seinem Vorgänger überworfen hatte. Er hat eine internationale Karriere in London und in der Schweiz hinter sich und angesichts seines Alters – er ist schon fünfundsechzig – wird das wahrscheinlich sein letzter Job sein."

Bei der Erwähnung des Alters streifte Sonja Rumpler mit einem kurzen Blick, der ihn, um sie nicht in Verlegenheit zu bringen, möglichst ausdruckslos erwiderte. Sonja fuhr fort, während ein unmerkliches Lächeln über ihr Gesicht huschte.

„Grütz, sein Stellvertreter, war schwer enttäuscht, dass er bei der Besetzung des Chefsessels nicht zum Zug gekommen ist. Er ist aber loyal und wohl auch klug genug, seine Enttäuschung nicht zu deutlich zu zeigen. Die einzige Frau in der Runde, Ilse Sporavsky, hat bereits in mehreren Unternehmen im Personalbereich gearbeitet. Von der Ausbildung her hat sie sowohl Wirtschaft als auch Psychologie studiert. Sie ist eine intelligente, besonnene Frau, die ich sehr schätze. Dann ist da noch Max Felsinger, der Marketingchef. Er ist ein selbstbewusster, arroganter Schnösel, der glaubt, alles besser zu wissen. Außerdem ist er angeblich Burschenschaftsmitglied und ein Schlagender mit einem dekorativ positionierten Schmiss auf der Wange."

„Danke für die Beschreibungen. Steht im Protokoll auch etwas zur Diskussion beziehungsweise Meinungsbildung?"

„Zunächst hat Edwards das Problem, das heißt, die Veruntreuung, das auf Karls Laptop entdeckte kriminelle Schema für weitere Veruntreuungen und Karls anschließenden Selbstmord wegen der unmittelbar bevorstehenden Entdeckung, vorgetragen. Dann hat der Generaldirektor die Diskussion mit der Bemerkung eröffnet, eine Rufschädigung der Firma sei unbedingt zu vermeiden, weil das Geschäft von GVD vom Vertrauen der Kunden abhängt. Der stellvertretende Generaldirektor hat diese Position unterstützt und vorgeschlagen, den relativ geringen wirtschaftlichen Schaden im Gegenwert von zehn Unzen Gold ohne weiteres Aufsehen aus den Reserven der Firma zu begleichen und nach außen eine andere Version, nämlich die, dass Karl aus gesundheitlichen Gründen Selbstmord begangen hat, zu vertreten. Als Nächste wurde Frau Sporavsky um ihre Einschätzung als Psychologin gebeten. Sie ist aber auf diese Frage gar nicht eingegangen, sondern hat festgehalten, dass es jetzt das Wichtigste sei festzustellen, was aus dem Vorgefallenen zu lernen sei, welche Sicherungen versagt hätten und welche Maßnahmen zu ihrer Behebung erforderlich wären. Im Übrigen teilte sie die Meinung des Generaldirektors und seines Stellvertreters, dass die Sache nicht publik gemacht werden sollte. Wie nicht anders zu erwarten, widersprach Felsinger allen. Die Veruntreuung des Goldes sei ein Offizialdelikt und müsse demgemäß der Polizei gemeldet werden, um sich nicht selbst strafbar zu machen. Es gab dann eine längere, anscheinend ziemlich hitzige Diskussion, in deren Verlauf sich schließlich die Meinung des Generaldirektors durchgesetzt hat. Wie ich schon erwähnt hab, ist zuletzt Edwards mit der Entwicklung des neuen IT-Sicherheitssystems beauftragt worden."

„Ist dieses System schon fertig?"

„Offiziell gibt es dazu keine Informationen. Tatsächlich ist es aber bereits im Testbetrieb und soll in etwa zwei bis drei Wochen in den Echtbetrieb gehen. So, jetzt muss ich aber gehen", sagte Sonja, nachdem sie auf die Uhr gesehen und den letzten Schluck Grappa genommen hatte. „Morgen muss ich früh aus den Federn, weil ich vor der Arbeit noch eine Runde laufen geh."

„Nochmals vielen Dank für Ihre Recherchen", sagte Rumpler aufrichtig.

„Danke für das wunderbare Essen."

Nachdem Sonja gegangen war, wandte sich Rumpler an Rosamunde. „Na, Alte, was machen wir jetzt mit dieser Geschichte?"

Rosamunde rieb ihren Kopf an Rumplers Knie.

„Abliegen lassen und nachdenken, meinst du wohl."

Rosamunde meinte. Und Rumpler gab ihr recht.

Als er sich etwa eine halbe Stunde vor Mitternacht niederlegte, gingen ihm erst die verhüllten Rosenstöcke und dann wieder die Telefonlisten durch den Kopf. Er hatte noch kurz das Gefühl, dass ein wichtiger Gedanke in ihm auftauchte, aber ehe er ihn hätte festhalten können, war er eingeschlafen.

7.

Am nächsten Tag war Karls Begräbnis, um neun Uhr am Zentralfriedhof. Rumpler war bewusst nicht mit seinem Auto gekommen, sondern schon sehr früh aufgestanden und vom Schwarzenbergplatz weg mit der Straßenbahnlinie 71 bis zum zweiten Tor des Zentralfriedhofs gefahren, wo das Krematorium lag, in der vagen Hoffnung, die fast unerträglich lange Fahrt würde ihn auf die bevorstehende Einäscherung irgendwie vorbereiten. Feuerbestattungen waren Rumpler etwas unheimlich, vielleicht eine Nachwirkung der strengen Erziehung in einer Klosterschule, der er als Kind ausgesetzt gewesen war. Es graute ihn vor der Vorstellung des sich öffnenden Feuerschlunds und auch vor dem ebenso langsamen wie unaufhaltsamen Einfahren des Sarges ins Feuer. Schon die Bezeichnung Feuerhalle war ihm ein Gräuel.

Rumpler verließ die Straßenbahn und ging durch die lang gestreckte, kahle Kastanienallee über den extrem weitläufigen, zugigen Parkplatz auf das Krematorium zu, wobei es ihm als gelerntem Wiener fast normal erschien, dass das sogenannte Neugebäude, ein Jagdschloss Kaiser Maximilians II samt Teilen einer Parkanlage von gewaltigen Ausmaßen, in die riesige Totenstadt integriert worden war.

Er sah Sabine schon von Weitem, ging auf sie zu und umarmte sie. Sie hielt sich sehr aufrecht und die schwarze Kleidung betonte ihre Blässe. Neben ihr stand starr, klein und zerbrechlich Karls Mutter. Sie erwiderte Rumplers Händedruck äußerst reserviert, was ihn keineswegs überraschte. Mit den Jahren hatte er sich daran gewöhnt, dass seine Schwägerin mit ihren äußerst strengen Prinzipien sich anscheinend immer noch Vorwürfe machte, weil sie nach dem Tod ihres Mannes nicht imstande gewesen war, für ihren Sohn Karl zu sorgen. Dazu kam wohl auch eine gehörige Portion Eifersucht, weil Karl sich während des mehrmonatigen

Aufenthalts bei Rumpler und seiner Frau sichtlich wohlgefühlt und auch später immer wieder ihren Kontakt gesucht hatte.

All das machte sie Rumpler mit ihrem kaum wahrnehmbaren Händedruck zum Vorwurf, wohl ohne sich selbst darüber wirklich im Klaren zu sein.

Rumpler nahm Sabine zur Seite, entschuldigte sich, dass er am Leichenschmaus nur kurz teilnehmen werde, und erklärte ihr, dass er wegen des besseren Überblicks nicht ganz vorne bei den nächsten Verwandten stehen, sondern sich etwas im Hintergrund halten werde. Sie nickte nur.

Rumpler begrüßte die ziemlich zahlreich vertretenen Verwandten, die zu einem guten Teil aus dem Waldviertel stammten, rotbackige, einfache Menschen mit widerspenstigem Haar, das auch Karl und sein Vater gehabt hatten und das Rumplers Friseur von Zeit zu Zeit dazu veranlasste, ihm eine Preiserhöhung für außerordentliche Geräteabnutzung anzudrohen. Viele der jüngeren Anwesenden kannte Rumpler nur vom Sehen oder überhaupt nicht.

Eine kleine Gruppe Menschen hielt sich etwas abseits von der schon versammelten Trauergemeinde. Es handelte sich um Kollegen aus dem Billardclub, dem Karl angehört hatte. Einige von ihnen kannte Rumpler vom Café Sperl, das das Stammlokal des Clubs war. Ein- oder zweimal war er als Zuschauer zum Training gekommen und hatte dabei die seltene und für ihn faszinierende Gelegenheit gehabt, Karl in größter Konzentration zu studieren. Am meisten beeindruckt hatte ihn damals aber ein dürrer Alter, der trotz seiner gut achtzig Jahre auch jetzt zum Begräbnis gekommen war. Er verschwand fast zwischen seinen Kollegen, die ihn um mehr als einen Kopf überragten, aber seit Rumpler ihn im Café Sperl hatte spielen sehen, war ihm klar, wer dort das Sagen hatte. Kaum hatte der Alte damals mit seinen zittrigen Händen den Queue aus dem Futteral geklaubt und zusammengeschraubt, als er quasi ein anderer wurde, ähnlich wie betagte Musiker, die es beinahe nicht mehr auf die Bühne schafften, aber wenn sie erst einmal oben waren, ging die Post ab. So einer also war jener Alte, den Rumpler, wenn er ihn nicht im Café Sperl spielen gesehen hätte, völlig falsch einschätzen würde. Die Billardspieler unterhielten sich flüsternd miteinander, traten von einem Fuß auf den anderen, um die unaufhaltsam von den Zehen aufwärtskriechende Kälte etwas zu mildern, und warteten mit kaum verhohlener Ungeduld auf den Beginn der Zeremonie, als noch eine weitere, etwas größere Gruppe eintraf.

Aufgrund der Fotos, die sich Rumpler vom GVD-Management aus dem Internet besorgt hatte, konnte er erkennen, dass der stellvertretende Generaldirektor, die Personalchefin und Edwards sowie etwa zehn mutmaßliche Mitarbeiter zum Begräbnis gekommen waren. Sie näherten sich Sabine in einer streng hierarchischen Keilformation, die Rumpler absurderweise an den von Cäsar beschriebenen Kampf gegen Vercingetorix erinnerte, der sich mit dieser Formation gegen die römischen Truppen erfolglos zur Wehr gesetzt hatte, und begannen zu kondolieren. Rumpler fiel auf, dass Edwards Sabines Hand in beide Hände nahm und sie einen Moment länger als üblich festhielt, während er seine Beileidsbekundung murmelte. Obwohl das kaum möglich schien, richtete sich Sabine noch gerader auf, sie versteifte sich geradezu und wurde kurz von einem leichten Schauder geschüttelt, woraufhin Edwards sich beeilte, ihre Hand wieder freizugeben, als hätte er sich an ihr verbrannt.

Rumpler hasste langes Stehen, weil es für ihn meist mit Rückenschmerzen verbunden war. Speziell bei Begräbnissen war das praktisch unvermeidlich.

Edwards' Verhalten hatte Rumpler gestört, es war ein Übergriff gewesen, scheinheilig verpackt, aber doch eine nicht akzeptable Grenzüberschreitung, irgendwie seltsam. Er überlegte kurz, Sabine nach dem Begräbnis darauf anzusprechen, verwarf es aber wieder. Während die Musik einen Trauermarsch spielte, studierte Rumpler in aller Ruhe Edwards' Gesicht, ein sehr schönes, sehr beherrschtes Gesicht, das er als in sich ruhend empfunden hätte, wäre da nicht unter der glatt rasierten Haut im Bereich der edwardsschen Kiefermuskulatur ein minimales, unwillkürliches

Zucken oder eigentlich Flattern gewesen, als ob ein seltsames Tier unter seiner Haut ein Eigenleben führte. Rumpler kam zu dem Schluss, dass diesem Mann kaum jemals etwas „passierte", sondern alles präzise nach Plan erfolgte. Mit einer gewissen Erleichterung hatte Rumpler festgestellt, dass Sonja nicht zum Begräbnis gekommen war.

Die Zeremonie selbst, die Musik und die Traueransprache glitten an Rumpler vorüber wie in Trance, weil er von einer plötzlich ganz massiv auftretenden Welle der Traurigkeit überrascht wurde, in die sich auch Wut mischte, Wut über den Tod Karls, Trauer und Wut auch darüber, dass er selbst jetzt der letzte Rumpler in der Familie war und sich seine Hoffnung auf ein Kind von Karl und Sabine durch dessen Tod als vergeblich erwiesen hatte. Sein Blick glitt über die vielen dunklen, gelegentlich leicht schwankenden Rücken der vor ihm Stehenden und blieb letztlich wieder an dem halb rechts stehenden Edwards hängen. Nach Beendigung der Trauerfeier löste sich die Versammlung erstaunlich schnell auf, bis auf die Teilnehmer am Leichenschmaus, die abwartend beisammenstanden. Rumpler wunderte sich über dieses eigentümliche Wort Leichenschmaus, das ihm bisher in all den Jahren völlig normal vorgekommen war, obwohl unter Schmaus doch wohl so etwas wie eine vergnügte Völlerei zu verstehen war. Vielleicht war auch das, was Rumpler irritierte, genau so richtig, dass nämlich die Traurigkeit und das Schmausen aufeinandertrafen, damit sowohl Tod als auch Leben zu ihrem Recht kamen.

In dem an der Simmeringer Hauptstraße gelegenen Wirtshaus angelangt, setzte sich Rumpler an einer der vorbereiteten langen Tafeln auf einen äußeren, wenn auch nicht den äußersten Platz, um sich nicht in der Mitte allzu lange einsperren zu lassen und dadurch seinen geplanten raschen Aufbruch zu gefährden.

Neben ihm saß einer der Waldviertler, ein junger Bursche von vielleicht neunzehn oder zwanzig Jahren, der Rumpler mit Begeisterung von seiner Tätigkeit bei der freiwilligen Feuerwehr berichtete. Auf die an Rumpler gerichtete Frage, was er denn beruflich so mache oder gemacht habe, antwortete dieser ziemlich vage, er sei Beamter gewesen und seit zwei Jahren in Pension, um nicht etwa durch eine unbedachte Bemerkung bei seinem Gegenüber ein von Fernsehen und Kino ohnedies schon angeheiztes, durchaus verständliches Interesse an Rumplers beruflichen Erfahrungen zu wecken.

An Rumplers anderer Seite saß eine ältere ihm unbekannte Frau, die auf seine höflichen Versuche, sie ins Gespräch zu ziehen, überhaupt nicht reagierte und ihre Suppe, den Kopf dicht über dem Teller, mit erstaunlicher Geschwindigkeit in sich hineinschaufelte.

Nach der geradezu klassischen Hauptspeise, Wiener Schnitzel vom Schwein, auf Wunsch auch vom Kalb, mit gemischtem Salat verabschiedete sich Rumpler von seinen Sitznachbarn, legte Sabine mit den Worten „Ich ruf dich an“ kurz die Hand auf die Schulter, holte mit beträchtlicher Mühe seinen Mantel von einem der übervollen, einen feucht-muffigen Geruch verströmenden Kleiderständer und verließ aufatmend das Lokal.

Abgesehen von Begräbnissen war er kaum jemals in diese Gegend gekommen, mit Ausnahme eines Falles, jenes Falles, der im Moleskinebuch mit der Nummer siebzehn ruhte und jetzt wieder vor Rumplers innerem Auge aufgetaucht war. Spielende Kinder hatten damals in einer nahe dem Kaiserebersdorfer Friedhof liegenden Bunkeranlage aus dem Zweiten Weltkrieg einen Toten gefunden, bei dem zunächst angenommen worden war, er sei eines natürlichen Todes gestorben. Die wegen gewisser Zweifel angeordnete Obduktion hatte jedoch ergeben, dass der Tote eine beträchtliche Dosis eines schweren Giftes in seinem Körper gehabt hatte. Der Fall selbst hatte sich dann als sehr harte Nuss erwiesen, die schließlich aber doch geknackt worden war.

Rumpler wollte durch Bewegung an der frischen Luft die Begräbnisatmosphäre hinter sich lassen und die Stelle, an der der Tote damals gefunden worden war, nochmals aufsuchen. Er musste jedoch feststellen, dass das gesamte Areal seither weiträumig umzäunt worden war. Zusätzlich wurden Eltern auf Tafeln darauf aufmerksam gemacht, dass sie für ihre Kinder hafteten.

Das taten Eltern zwar immer, aber die Tafeln ließen sich interessanterweise trotzdem gut verkaufen. Rumpler brach seine kurze, missglückte Expedition ab und trat den langen Heimweg an. Jetzt wo das Begräbnis vorbei war, bedauerte er bereits, nicht doch mit dem Auto gekommen zu sein.

8.

Am nächsten Morgen wachte Rumpler knapp vor sechs Uhr auf und sein erster Gedanke war, froh darüber zu sein, dass das Begräbnis vorbei war. Gleich nach dem Frühstück machte er sich daran, seine Moleskineeintragungen fortzusetzen. Die Goldunterschlagung durch Karl ergänzte er durch ein „Angeblich“ in dem etwas hilflosen Versuch, dem Toten ein wenig Gerechtigkeit widerfahren zu lassen. Die Auflistung der vier Direktoriumsmitglieder und ihrer Meinungen ergänzte er um die Anmerkung: „Felsinger = Dissident. Hier ansetzen?“

Noch während er schrieb, überlegte er bereits, ob er Moser über die neue Entwicklung informieren sollte, entschied sich aber vorläufig dagegen. Er wollte einfach noch klarer sehen und die angebliche Goldunterschlagung Karls hatte für ihn die Angelegenheit weiter verkompliziert, statt sie zu klären. Er beschloss, auch Sabine erst später zu informieren, wenn er mehr wusste.

Ein großes Fragezeichen machte er beim IT-Chef Edwards. Falls die Goldunterschlagung Karl untergeschoben worden war, bedurfte es dafür eines unmittelbaren Zugangs zum Tresor selbst, sonst hätte kein Gold verschwinden können, und diesen unmittelbaren Zugang hatte Edwards – außer eventuell im Fall von Kontrollen der Bestände – nicht. Rumpler sah sich das Organigramm der Firma durch, das ihm Sonja gebracht hatte. Als sogenannter Sperrführer, also direkt im Tresor tätiger Mitarbeiter, war neben Karl noch ein Mann angeführt, jener Gregor Schnirch, den Rumpler bereits von den Telefonlisten her kannte. Rumpler breitete wie schon öfter die diversen eng beschriebenen Seiten der Liste mit den Telefonaten vor sich aus. Kaum hatte er mit einiger Mühe eine entsprechende Ordnung hergestellt, als Rosamunde auf den Tisch sprang und sich auf die Zettel fallen ließ.

„Hexe“, sagte Rumpler.

„Wenn du mich wegschubst, werde ich dich hauen müssen", machte Rosamundes Blick klar.

„Ein Zeichen", murmelte Rumpler und rechtfertigte mit Rosamundes Intervention einen kleinen Espresso.

Kaum stand er in der Küche bei der Kaffeemaschine, als sie das Interesse an ihrem Zettelbett verloren hatte und ihm in der Hoffnung auf eine kleine oder vielleicht auch größere Menge Futter folgte.

„Na gut", sagte Rumpler und holte ein Stück Schinken für sie aus dem Kühlschrank, legte es auf einen Teller und stülpte rasch eine Schale darüber, um Rosamundes sofortigen Zugriff auf den noch zu kalten Schinken zu verhindern.

Rumpler liebte das Ritual der Kaffeezubereitung. Seine eher kompakte, chromglänzende Siebträgermaschine hatte er von seinen Kollegen zur Pensionierung geschenkt bekommen und sie funktionierte noch immer perfekt – aber nur, weil sich Rumpler sowohl in die technischen Details vertieft als auch die feinen Abstufungen des Mahlgrades und des Anpressdrucks, mit dem er im Siebträger den Kaffee zusammendrückte, zu eigen gemacht hatte. Auch die Auswahl der Kaffeeschale war für ihn von Bedeutung. Rumpler hatte eine ganze Reihe von dickwandigen italienischen Schalen in verschiedenen Größen. Es gab reinweiße Schalen, aber auch mehr oder weniger bunt bemalte. Wenn Rumpler befürchten musste, sich in Fantastereien zu verlieren, was gar nicht so selten vorkam, wählte er eine Schale mit Erdfarben in verschiedenen Braun- und Rotabstufungen, um sich, wie er meinte, wieder zu erden. Wollte er hingegen seinen Gedanken Auftrieb verleihen, griff er zu sehr hell gehaltenen Schalen, die Leichtigkeit und Inspiration versprachen. Am liebsten waren ihm die reinweißen Schalen, die alles offenließen, wie eine weiße, bilderlose Wand, und damit auch alles ermöglichten.

Zu so einer weißen Espressoschale griff Rumpler, während er sich am Geräusch des Mahlwerks und am Geruch des frisch gemahlenen Kaffees freute. Als sein Espresso fertig war, gab er Rosamunde ihren Schinken und beeilte sich, vor ihr ins Wohnzimmer zu kommen, um so ihr gegenüber die älteren Rechte an dem mit Papieren belegten Tisch geltend machen zu können. Er nahm mit Genuss den ersten Schluck, besah sich die braunen Schlieren, die an der Innenwand der Schale eine kleine Dünenlandschaft bildeten, und vertiefte sich wieder in die Listen, ohne genau zu wissen, was er eigentlich suchte.

Dann war es für ihn plötzlich wie beim Augenarzt, wo in Testbildern, die aus unzähligen bunten Punkten bestehen, Buchstaben oder Zahlen verborgen sind, die man zunächst nicht sieht, kaum hat man sie aber wahrgenommen, springen sie einem regelrecht ins Auge. So und nicht anders erging es Rumpler mit den Telefonaten zwischen Edwards und Schnirch. Plötzlich erkannte er ein Muster. Edwards und Schnirch hatten immer wieder einmal telefoniert, aber zu unterschiedlichen Zeiten und in unterschiedlicher Länge. An den drei Dienstagen vor Karls Tod hatten sie ebenfalls miteinander telefoniert, jedoch immer zur selben Zeit und fast bis auf die Sekunde gleich lang, nämlich beinahe exakt zehn Minuten.

Die Präzision dieses Vorgangs faszinierte Rumpler. Es war wie bei Vogelschwärmen, die sich aus vermeintlichem oder tatsächlichem Chaos heraus plötzlich formierten und dann mit erstaunlicher Präzision ihre Manöver flogen. Die Regelmäßigkeit der Telefonate hatte für Rumpler einen Rhythmus wie ein verhaltenes, aber unaufhaltsames Marschieren, geradewegs auf Karls Tod zu. Der Kaiserwalzer, sein geliebter Kaiserwalzer, fiel Rumpler ein, der wie einige große Strauss-Walzer eine Einleitung im Viervierteltakt hatte, im langsamen Marschtempo, und der bei aller Schönheit für ihn doch nichts anderes bedeutete als ein solch unaufhaltsames, wenn auch langsames Marschieren zum Untergang der Monarchie hin.

Rumpler machte eine Eintragung in seinem Notizbuch, eigentlich eine Zeichnung, indem er eine waagrechte Zeitlinie mit drei Unterbrechungen für die drei Dienstage durch kurze senkrechte Linien zeichnete. Am Ende der Zeitlinie erhielt die senkrechte Linie noch einen Querbalken und wurde damit zum Symbol für

Karls Tod. Dann klappte Rumpler sein Notizbuch zu und stellte sich die Frage, ob Edwards und Schnirch einfach nur Mitarbeiter derselben Firma waren oder ob sie einander schon von früher kannten. Er rief Sonja an. Sie nahm sofort ab.

„Hallo Sonja, Rumpler hier."

„Hallo Herr Rumpler. Was kann ich für Sie tun?"

„Ich wüsste gern, ob Edwards und Schnirch einander schon vor ihrer gemeinsamen Zeit in der Firma kannten. Infrage käme vor allem ein Zusammentreffen an früheren Arbeitsplätzen, beim Militär, beim Studium oder in der Schule. Könnten Sie sich das ansehen?"

„Das mach ich gerne. In der Firma sprechen sich die beiden per Sie an und haben bisher nicht erkennen lassen, dass sie einander vielleicht von früher her kennen. Ich meld mich, sobald ich was herausgefunden hab."

„Vielen Dank, Sonja." Es hatte Rumpler einige Überwindung gekostet, ihr nicht zu sagen, sie solle auf sich aufpassen.

„Machen Sie sich keine Sorgen. Ich pass schon auf mich auf."

„Hexe", dachte Rumpler wieder einmal und bedankte sich. Nachdem er noch „mit W. sprechen" notiert hatte, klappte Rumpler sein Notizbuch für diesen Tag endgültig zu.

9.

Am nächsten Morgen, es war ein Freitag, rief Rumpler Moser an. „Hallo Stinker. Ich hätt eine Frage zu einem ehemaligen Kollegen."

„Hallo Hans. Um wen geht's und wie lang ist er schon in Pension?"

Rumpler lachte. „Nein, es geht nicht um einen Pensionisten, es betrifft einen Herrn Wegener, der früher bei uns gearbeitet haben soll und seit ein paar Jahren im Wachdienst von GVD beschäftigt ist."

„Die Sache lässt dir noch immer keine Ruhe."

„Nein, nicht wirklich. Wegener hat damals Dienst gehabt, als Karl gestorben ist. Ich würd gern mit ihm sprechen."

„Ich werd mich seinetwegen erkundigen und ruf dich an", versprach Moser.

„Früher hat es doch immer wöchentliche Treffen mit unseren Exkollegen in einem Café am Naschmarkt gegeben."

„Solche Treffen gibt's immer noch, aber in einem anderen Lokal. Ich glaub, das aktuelle ist in einem der Stadtbahnbögen untergebracht. Ich geh fast nie hin, aber einer von meinen jüngeren Kollegen ist regelmäßig dort. Den werd ich fragen, ob dieser Wegener vielleicht auch hinkommt."

„Danke, Stinker."

„Ist doch selbstverständlich. Bis später."

Es dauerte keine halbe Stunde, bis Moser anrief und bestätigte, dass Wegener meistens zu den wöchentlichen Treffen kam, die immer noch samstagabends stattfanden. Er gab Rumpler die Adresse des Lokals und stellte ihm eine E-Mail mit einem Archivfoto von Wegener in Aussicht, die noch während des Telefonats ankam. Das beigefügte Foto zeigte ein sehr junges, blasses, eher rundes Gesicht mit etwas naiven Augen. Schräg über Wegeners linke Augenbraue verlief als einziges martialisches Element in seinem sonst so friedlichen Gesicht eine ziemlich deutliche, etwa drei Zentimeter lange Narbe, die es einfach machen sollte, ihn zu erkennen.

Am Samstag um neunzehn Uhr war Rumpler in dem Lokal, das italienische Küche in Aussicht stellte. Nachdem er durch einen Zufall Gelegenheit gehabt hatte, kurz durch die geöffnete Küchentür zu spähen, beschloss er, seine Konsumation auf Getränke zu beschränken. Sicherheitshalber.

Er erkannte Wegener, der mit drei anderen Männern an einem Tischfußballautomaten, einem sogenannten Wuzler stand, ohne Probleme. Rumpler sah beim Spiel zu und nahm ab und zu einen Schluck von seinem Bier.

Als schließlich der letzte Ball versenkt war, sprach er Wegener an. „Herr Wegener? Hätten Sie kurz Zeit für mich?"

Wegener blickte ihn misstrauisch an. „Was wollen Sie denn von mir und wer sind Sie überhaupt?"

„Mein Name ist Rumpler, Hans Rumpler. Sie haben meinen Neffen gekannt."

„Karl war Ihr Neffe? Entschuldigen Sie bitte, dann ist das natürlich was anderes. Um den Karl ist es richtig schad. Er war immer so freundlich zu mir."

Rumpler sah in Wegeners Augen echte Betroffenheit.

„Herr Wegener, ich tu mich sehr schwer damit, dass Karl Selbstmord begangen haben soll, und hab deshalb ein paar private Recherchen angestellt. Ich war früher lange bei der Kripo und bin jetzt seit ein paar Jahren in Pension. Von meinen Exkollegen gibt es für mich keine Hilfe. Für sie ist der Fall abgeschlossen – ein klarer Selbstmord."

„Ich hab mich ehrlich gesagt auch gewundert. Der Karl war immer so ruhig und ausgeglichen und dann das ... Was wollen Sie denn wissen?"

„Ich hab gehört, dass Sie von Alexander Edwards wegen einer

geringfügigen Abweichung vom Dienstplan zur Rede gestellt worden sind. Wissen Sie vielleicht noch, wann das war?"

„Das weiß ich sogar noch ganz genau. Es war ein Dienstag, ich glaub, der vierte Jänner. Meine Frau hat mich damals nämlich fix und fertig angerufen, weil sie mit der Kleinen sofort ins Spital musste wegen einer Blinddarmentzündung. Dadurch hat sich der Beginn meiner vorgeschriebenen Runde um eineinhalb Minuten verzögert. Als ich zu Edwards' Zimmer gekommen bin, ist er gerade aus dem Aufzug ausgestiegen, hat mich kurz angestarrt und dann sofort wegen der Dienstplanabweichung so richtig fertiggemacht. Ich hab versucht, es ihm zu erklären, aber er war vor Wut außer sich und hat mir überhaupt nicht zugehört. Er hat später auch noch einen offiziellen Bericht über den Vorfall an die Leitung der Firma übergeben."

„Wissen Sie, warum er sich damals so furchtbar aufgeregt hat?"

„Nein, eigentlich nicht. Er hat schon immer Wert auf Pünktlichkeit gelegt, aber Abweichungen von ein, zwei Minuten waren früher eigentlich kein Problem. Erst in den letzten paar Monaten hat er immer ganz genau geschaut, ob die Kontrollgänge exakt zur festgelegten Zeit erfolgen. Ein Kollege ist auch von der Polizei zu dem Tag befragt wurden, an dem Karl gestorben ist, und er hat bestätigt, dass er Edwards in seinem Zimmer telefonieren gesehen hat, als Karl ..."

Wegener setzte seinen Satz nicht fort und Rumpler beeilte sich, ihm für die Auskünfte zu danken und ihm zu versichern, dass er das Gespräch natürlich streng vertraulich behandeln würde.

Als er schon gehen wollte, fügte Wegener hinzu: „Eins war komisch. Damals als Edwards mich so zusammengeschissen hat."

„Ja? Was ist Ihnen aufgefallen?"

„Das mit dem Telefonlicht. Die Höheren in der Firma haben außen an ihren Türen solche Lichter, damit sie nicht gestört werden, wenn sie telefonieren. Die gelten aber nicht für den Wachdienst. Wir müssen auf unseren Runden nämlich immer in die Zimmer schauen, ob alles in Ordnung ist – egal, ob telefoniert wird oder nicht. So ist die Vorschrift. Damals als mich der Edwards so fertiggemacht hat, sind wir auf dem Gang gestanden, weil er grad aus dem Aufzug ausgestiegen ist, und trotzdem hat sein Telefonlicht geleuchtet. Wahrscheinlich hat er den Hörer schlecht aufgelegt. So was kann vorkommen."

„Ja, da haben Sie natürlich recht, aber interessant ist es trotzdem. Nochmals vielen Dank für Ihre Hilfe."

„Gern geschehen. Tut mir sehr leid das mit Karl. Er war so ..." Wegener zögerte kurz, fast so, als ob ihm seine Wortwahl peinlich wäre, und fuhr dann mit leiser Stimme fort: „... so ein feiner Mensch."

„Ja, das war er wirklich."

Zu Hause ergänzte Rumpler die Zeichnung, die für ihn den Weg hin zu Karls Tod beschrieb, indem er über den letzten seiner Taktstriche, jene Striche, die die auffällig gleichartigen Telefonate von Edwards und Schnirch an den Dienstagen vor Karls Tod bezeichneten, einen Blitz und den Buchstaben W malte. Dann vertiefte er sich in die Dienstpläne, die ihm Sonja beschafft hatte, und glich sie mit den Informationen ab, die er aus dem Polizeiprotokoll hatte.

Edwards und Schnirch hatten beide ein wasserdichtes Alibi, sie hatten zur Zeit von Karls Tod nicht nur nachweislich miteinander telefoniert, sondern waren beide beim Telefonieren auch noch gesehen worden. Mehr konnte man beim besten Willen nicht verlangen und doch gab es für Rumpler ein „Trotzdem". Es bestand die Möglichkeit, dass Edwards, unmittelbar nachdem er vom Wachdienst gesehen worden war, in dem extrem schmalen Zeitfenster von weniger als zehn Minuten den Hörer abgelegt und Karl auf der Dachterrasse getroffen hatte. Die Zeit dafür wäre sehr knapp gewesen, aber es war nicht völlig auszuschließen. Es war Rumpler sehr wohl bewusst, wie unwahrscheinlich seine These war. Dagegen sprach vor allem das extreme Risiko, das Edwards in diesem Fall hätte in Kauf nehmen müssen, dafür sprachen eigentlich nur die seltsame Taktgenauigkeit der Telefonate an den Dienstagen vor Karls Tod und die Tatsache der Überreaktion von Edwards auf die minimale Dienstplanabweichung. Es war höchst unwahrscheinlich, aber es war möglich. Immerhin.

Am Freitag, knapp vor zweiundzwanzig Uhr, als Rumpler schon nicht mehr mit einem Anruf Sonjas in dieser Woche rechnete, rief sie ihn an.

„Hallo Herr Rumpler. Sonja hier. Ich hab jetzt einiges an Material beisammen. Hätten Sie morgen Nachmittag Zeit?“

Es fiel Rumpler nicht leicht, seine Ungeduld zu bezähmen. Am liebsten hätte er auf der Stelle erfahren, was sie zu berichten hatte, machte sich aber dann bewusst, dass er nicht mehr bei der Kriminalpolizei und sie nicht seine Mitarbeiterin war.

„Ja“, sagte er schließlich. „Das passt gut. Wann wollen Sie zu mir kommen?“

„Übers Wochenende bin ich fast immer bei meiner Mutter zu Besuch. Sie hat ein altes Haus im dreizehnten Bezirk und ich hab dort auch eine kleine Wohnung, die ich gelegentlich benutze, obwohl ich eigentlich ganz in der Nähe der Firma in einer Garçonnière wohne. Könnten wir uns im Haus meiner Mutter treffen?“

„Wird sie sich durch unser Treffen nicht gestört fühlen?“

„Keine Sorge. Sie wird sich freuen.“

Sonja nannte ihm eine Adresse im dreizehnten Bezirk, einer Gegend, die Rumpler nicht sehr vertraut war, weil er dort beruflich nur selten zu tun gehabt hatte. Sie vereinbarten das Treffen für fünfzehn Uhr.

10.

Am nächsten Tag fuhr Rumpler schon etwas früher als nötig in den dreizehnten Bezirk, vor allem, um sicher pünktlich zu sein, aber wohl auch, um sich vorweg mit den dortigen Gegebenheiten ein wenig vertraut zu machen. Sein etwa halbstündiger Spaziergang führte ihn an zum Teil prachtvollen, großen Villen vorbei, an denen meist ausländische Firmenschilder hingen, wobei die Häuser samt Eingangsbereich mit Sicherheitseinrichtungen nur so gespickt waren. Insgesamt gab es in dieser Gegend mehr niedrige Häuser als sonst in Wien üblich und das freute Rumpler.

Schließlich langte er pünktlich bei der von Sonja angegebenen Adresse an, läutete und befreite den mitgebrachten Blumenstrauß im letztmöglichen Moment vom Papier, um ihn nicht zu sehr der Kälte auszusetzen.

Das Haus war einstöckig mit einem steilen Dach, das ihn an einen Hexenhut erinnerte, und einem runden Tor, das mit teilweise bereits verwittertem Sandstein eingefasst und gerade so breit war, dass es zur Zeit seines Entstehens – Rumpler schätzte diese etwa auf das Jahr achtzehnhundert – einer nicht allzu breiten zweispännigen Kutsche Einlass gewähren konnte. Rumpler betrachtete die einladende Toreinfassung und das massive, ganz leicht verwitterte Holz des Tores selbst, als dieses auch schon wie von Geisterhand aufging. Als er sich in einem geräumigen, gewölbten Vorhaus, das mit einem dunklen, beinahe schwarzen Holzstöckelpflaster belegt war, wiederfand, aber noch niemanden sah, musste er zunächst einmal diesen aus Kostengründen mittlerweile sehr selten gewordenen Boden bewundern.

„Der Boden ist sehr schön und ich habe große Freude an ihm“, sagte eine volltönende Stimme, die er leicht für die Sonjas hätte halten können, wäre sie nicht von vorne gekommen und Sonja nahezu gleichzeitig aus einem Seiteneingang aufgetaucht. Sonja stellte Rumpler ihrer Mutter vor, und als er ihr die Blumen übergab, wurde er wieder von der unglaublichen Lebendigkeit, diesmal in den Augen von Sonjas Mutter, fast erschreckt. Ihre Ähnlichkeit mit Sonja war, abgesehen vom Altersunterschied, frappant. Sie hatte den gleichen kräftigen Händedruck und auch das großzügige, warme Lächeln, das von zahlreichen Fältchen um ihre Augen unterstrichen wurde. Ihre Stimme klang für Rumpler wie ein Cello.

„Ihr Haus ist wie eine Insel", sagte Rumpler und staunte selbst ein wenig über seine Worte, weil er sonst ziemlich reserviert war.

„Wir finden das auch", sagte Frau Dr. Förster, die, wie Rumpler von Sonja vor dem Besuch erfahren hatte, den schönen und, wie er dachte, leicht verruchten Vornamen Alma trug.

Dieses „Wir" bewirkte, dass Rumpler mit leisem Bedauern mit dem Erscheinen oder zumindest der Existenz eines entsprechenden männlichen Pendants rechnete. Indessen befand sich im Wohnzimmer jedoch nur ein sehr anmutiges junges Mädchen, eine Asiatin von etwa elf oder zwölf Jahren. Sonjas Mutter stellte sie Rumpler vor, wobei sie darauf hinwies, dass Lailani zur Familie gehörte. Das Mädchen sah Rumpler kurz von der Seite an und lächelte scheu. Rumpler fühlte sich plötzlich zu Hause wie schon lange nicht mehr.

„Vielleicht möchten Sie sich das Haus ansehen, bevor Sie mit Sonja an die Arbeit gehen?" Rumpler entging der stolze und zugleich etwas besorgte Blick nicht, den sie ihrer Tochter zuwarf.

Alma übernahm die Hausführung. Das Haus war mit sehr viel Liebe zum Detail wohnlich gemacht worden, ohne auch nur im Mindesten seinen ursprünglichen Charakter zu verleugnen oder ihn durch neureiche Prestigeobjekte zu verderben. Die Hausführung endete an ihrem Ausgangspunkt im mittelgroßen Wohnzimmer, das aber durch einen direkt daran angeschlossenen, sehr hellen Wintergarten von erstaunlichen Ausmaßen wesentlich größer wirkte. Der Boden des Wintergartens bestand aus mächtigen, leicht unregelmäßigen Terrakottaplatten in warmen Rot-

und Brauntönen, die in Rumpler den Wunsch weckten, barfuß darüber zu gehen, um so die leicht wellige Oberfläche zu genießen.

„Das war das Atelier meines verstorbenen Mannes. Er war Bildhauer."

Rumpler sah die zahlreichen abstrakten, aus Stein gehauenen Skulpturen zwischen den dicht aneinandergestellten, zu einem guten Teil exotischen Pflanzen von bemerkenswerter Größe.

„Darf ich sie anfassen?"

„Gerne."

Rumpler ging zielsicher zu einer etwa einen halben Meter hohen Skulptur, die ihn besonders ansprach, und schickte seine großen Hände mit der Sorgfalt eines Blinden behutsam auf die Wanderung, um die diversen Nischen und Erhöhungen zu ertasten, die Rauigkeiten und die zum Teil seidene Glätte des Steins aufzunehmen.

„Danke", sagte Rumpler und es war ihm, als hätte er in Almas Augen einen Anflug von Tränen gesehen.

Er musste sich aber wohl getäuscht haben, denn sofort sagte sie mit gewohnt klarer Stimme: „Ich lasse Sie und Sonja jetzt hier in Ruhe arbeiten. Ungefähr in einer Stunde gibt es im Wohnzimmer Kaffee und Gugelhupf."

An der linken Schmalseite des Wintergartens bildete sich aufgrund einer durchgehenden, etwa kniehohen Stufe eine erhöhte Fläche von vielleicht fünf oder sechs Quadratmetern, die durch einen extrem dicken Teppich, diverse Polster in warmen Erdfarben und einige Decken, deren Muster und Farben auf afrikanischen Ursprung hindeuteten, so einladend wirkte, dass Rumpler unwillkürlich seinen Blick dorthin lenkte. Er sah eine Leselampe und zahlreiche Bücher, über denen einige Palmen eine Art grünen, gewölbten Baldachin bildeten.

„Hier hat sich meine Mutter ihr Reich eingerichtet, zum Sumpern, wie sie immer sagt. Es ist wirklich sehr gemütlich, vor allem, weil die Steinplatten durch eine Fußbodenheizung nicht kalt sind", erklärte Sonja.

Sie setzten sich auf Fauteuils aus dicht geflochtenem Rattanrohr, die perfekt zum Charakter des Wintergartens passten.

„Ihre Mutter ist eine bemerkenswerte Frau“, stellte Rumpler fest.

„Das ist sie tatsächlich. Sie hat nach dem Tod meines Vaters ein ziemlich abenteuerliches Leben geführt.“

„Wie ist das gekommen?“

„Als er gestorben war, ist ihr hier die Decke auf den Kopf gefallen. Sie hat dann ziemlich bald ihre Praxis geschlossen und über fünf Jahre auf den Philippinen gearbeitet. Den Großteil dieser Zeit war sie in der Nähe von Manila in einer kleinen Krankenstation, die ein befreundeter Arzt in Privatinitiative gegründet hat und in der AIDS-Patienten behandelt wurden – darunter auch die Eltern von Lailani, die beide erkrankt waren und schließlich auch daran gestorben sind. Sie hat Lailani, die keine anderen Angehörigen hatte, noch während ihres Aufenthalts in Asien adoptiert.“

Sie schwiegen eine Weile, und während Rumpler dachte, wie seltsam schön und fürchterlich zugleich die Welt war und wie manchmal das eine aus dem anderen entstand, sagte Sonja: „Das mit Edwards und Schnirch war eine härtere Nuss, als ich für möglich gehalten hätte. Das Bundesheer war schnell abgehakt. Die beiden waren bei unterschiedlichen Einheiten in verschiedenen Bundesländern. Edwards war als Funker in Salzburg und Schnirch bei den Panzergrenadieren in Zwölfaxing. Frühere Jobs waren ebenfalls eine Leermeldung. Ich hab mich da an die in der Personalabteilung ausliegenden Lebensläufe gehalten, die sehr sorgfältig überprüft werden. Beide waren nie zur gleichen Zeit oder auch nur zeitversetzt in ein und derselben Firma beschäftigt. Vom Studium her hat Schnirch ein paar Semester Publizistik belegt, das Studium aber mangels Erfolgs abgebrochen, während Edwards Informatik studierte und zusätzlich noch einige besonders anspruchsvolle Fächer in Mathematik belegte und dabei ausgezeichnete Resultate erzielte. Sein Spezialgebiet war Kybernetik.

Edwards hat schon als Student dazu eine Arbeit geschrieben, die in akademischen Kreisen anerkannt und auch viel diskutiert wurde."

„Was ist unter Kybernetik eigentlich genau zu verstehen?"

„Das Wort kommt vom griechischen Begriff für Steuermann. Es geht dabei um die Lehre von der Regelung beziehungsweise Steuerung bestimmter Abläufe. Dabei spielen viele Faktoren wie zum Beispiel die Spieltheorie und das menschliche Verhalten eine große Rolle. Als eigene Wissenschaft ist die Kybernetik eigentlich erst seit den Vierzigerjahren des letzten Jahrhunderts ein Begriff."

„Vielen Dank."

Für Rumpler hatte sich durch Sonjas Informationen das Bild, das er von Edwards bereits hatte, weiter verstärkt. Dank seiner jahrzehntelangen Erfahrung im Zuhören wusste er, dass jetzt etwas Entscheidendes in Sonjas Bericht kam, und genau so war es.

„Das Gymnasium hat dann letztlich einen Treffer gebracht. Beide haben zur gleichen Zeit ein Gymnasium in Wien Alsergrund besucht. Obwohl vom Jahrgang her ein Jahr zwischen beiden liegt, sind sie doch ab 1986 dort zusammengekommen. Damals musste nämlich Schnirch eine Klasse wiederholen und ist deshalb bis zur Matura gemeinsam mit Edwards in einer Klasse gesessen."

Rumpler spürte, dass sich durch diese Information für ihn etwas änderte, und in ihm begann sich sein bisher nur vager Verdacht zu verdichten.

Noch bevor er eine Frage formulieren konnte, fuhr Sonja fort. „Im Internet hab ich gesehen, dass in der Schule in wenigen Monaten das Neunzig-Jahr-Jubiläum gefeiert wird. Ich hab daher die Gelegenheit beim Schopf ergriffen und der Schule gesagt, dass ich Edwards an seinem kommenden runden Geburtstag gerne mit einer Mappe mit Fotos, auch aus seiner Schulzeit, überraschen möchte. Wegen des Jubiläums waren die alten, noch nicht digitalisierten Jahrgangsbücher griffbereit und ich hab hier", sie präsentierte stolz einen Stick, „die Fotos von Edwards und Schnirch."

Rumpler räusperte sich. „Sonja, bitte verstehen Sie mich nicht falsch, aber wir haben es mittlerweile mit einer doch etwas dichteren Verdachtslage zu tun und da können solche Recherchen ganz schön ins Auge gehen."

„Tut mir leid, aber es lag für mich einfach auf der Hand, mir auch gleich Bilder als Beweis zu besorgen, dass die beiden einander von früher kennen. Durch meinen Hinweis, dass es um eine Überraschung geht, sollte auch eine zufällige Entdeckung meiner Recherche verhindert werden."

„Ich mach Ihnen ja auch keinen Vorwurf, sondern ich sorge mich, dass Sie sich einer Gefährdung aussetzen."

„Okay, ich hab verstanden." Sie wirkte leicht verstimmt.

„Danke, Sonja."

Den Kaffee und den Gugelhupf, den Alma in der Zwischenzeit im Wohnzimmer angerichtet hatte, konnte Rumpler nicht so genießen, wie er es normalerweise getan hätte, weil sich in ihm eine gewisse Unruhe festgesetzt hatte. Die Thonet-Bugholzsessel, den Kaffeehaustisch mit seiner schönen hellgrauen Marmorplatte und dem schweren Gestell aus schwarz lackiertem Gusseisen, das hauchdünne Rosenthal-Porzellan mit dem blau-gelben Art-déco-Muster, all das nahm Rumpler nur wie durch einen leichten Schleier wahr.

Alma spürte, dass etwas nicht stimmte, und sprach es auch direkt an. „Sie sind beunruhigt, Herr Rumpler."

Es war eine Feststellung, keine Frage. Es hätte überhaupt keinen Sinn gehabt, das zu leugnen oder auch nur abzuschwächen.

„Ja, Sie haben recht. Wir haben bei unserer Untersuchung zwar noch keinerlei harte Fakten, die ein Einschreiten der Polizei rechtfertigen würden, aber ich bin trotzdem beunruhigt."

„Versprechen Sie mir, dass Sie Sonja nicht in Gefahr bringen."

Sonja blickte unwillkürlich zu Rumpler, der ja wegen ihrer Unbedachtheit besorgt war.

Er aber sah Alma mit einer unerschütterlichen Ruhe an, die breiten Schultern leicht nach vorne gezogen, und sagte: „Das versprech ich Ihnen."

„Danke“, erwiderte Alma und berührte seine Hand. Ganz leicht, ganz kurz, und doch spürte er ihre Lebendigkeit und Verletzlichkeit bis hinein in seinen Solarplexus.

„Jetzt wird es aber Zeit für mich zu gehen, sonst wird Rosamunde böse.“

„Wer ist Rosamunde?“, fragte Lailani, die bisher der Unterhaltung schweigend gefolgt war.

„Rosamunde ist eine ganz besondere Katze, sehr eigenwillig, ziemlich anspruchsvoll und sie kann auch ganz schön nachtragend sein.“

„Ich mag Katzen. Sehr sogar.“

Alma lächelte sie an. „Ich habe mich nach meiner Rückkehr aus dem Ausland noch nicht entschließen können, ein Haustier aufzunehmen, aber wer weiß?“

Rumpler bedankte sich für die Jause und verabschiedete sich von den drei Damen.

„Kommen Sie wieder zu Besuch“, sagte Alma. „Ich würd mich sehr freuen. Ich geb Ihnen meine Nummer.“

„Vielen Dank. Ich melde mich bei Ihnen.“

11.

Als Rumpler das Haus verließ, wieder über das nun schon etwas vertrautere Holzstöckelpflaster, und durch den Torbogen ins Freie trat, hatte er ein Gefühl, das er seit Jahrzehnten nicht mehr gekannt hatte – als ob der Boden ganz leicht unter seinen Füßen schwankte und sein Atem sich freier anfühlte als sonst.

„Alter Depp", sagte er zu sich selbst. Aber freundlich.

Nachdem er wieder zu Hause war und seinen Besuch mit Rosamunde anlässlich einer kleinen Speisung besprochen hatte, rief er seinen alten, schon längere Zeit pensionierten Exkollegen und Freund Fritz Kramer an, der speziell im achten und neunten Bezirk das Polizeihandwerk von der Pike auf gelernt hatte, dann zur Kriminalpolizei übergewechselt war und über ein Netzwerk lokaler Kontakte verfügte wie kein Zweiter.

Sein Freund meldete sich, wie es Rumpler schien, mit etwas schwacher Stimme. „Kramer hier."

„Hallo Fritz, hier spricht Hans, Hans Rumpler." Unwillkürlich hatte Rumpler die Stimme etwas erhoben, wie man es häufig bei Gesprächen mit älteren Menschen macht.

„Hallo Hans. Du brauchst nicht zu schreien, ich hör trotz meiner achtundsiebzig Jahre noch immer ausgezeichnet." Noch während Fritz das sagte, klang seine Stimme bereits kräftiger, so als hätte sie nach längerem Nichtgebrauch erst wieder etwas in Fahrt kommen müssen.

„Er ist einsam, er hat sicher niemanden zum Reden", dachte Rumpler, als Fritz Kramer, nun bereits mit der von früher gewohnten Stimme, weitersprach.

„Das ist aber eine Überraschung. Ich freu mich, dich zu hören. Wie geht es dir?"

„In den letzten Jahren wieder gut. Du weißt ja, vor vier Jahren ist meine Frau gestorben und das hat mich damals sehr mitgenommen."

„Und hast du wieder eine Partnerin?"

„Nein. Zuerst war der Schmerz noch zu frisch und dann habe ich mich an das Alleinsein gewöhnt. Außerdem wüsste ich nicht, welche Frau mich mit meinen Eigenheiten überhaupt noch ertragen sollte."

„So ein Blödsinn. Du bist doch immer gut bei den Frauen angekommen mit deinen braunen Augen und wärst du nicht so treu gewesen, hättest du jede Menge Gelegenheiten gehabt."

„Fritz, bitte entschuldige, aber ich würd dich gerne etwas zu deiner Aktivzeit fragen", warf Rumpler ein, um zu verhindern, dass ihm das Gespräch gänzlich entglitt.

„Ich steh dir ganz zur Verfügung."

„Danke. Es geht um das Gymnasium in der Rossau. Ich würd mich dort gerne inoffiziell wegen früherer Schüler ein wenig umhören. Hast du vielleicht noch irgendeinen Kontakt in dieser Schule oder einen Hinweis für mich? Es geht um die Zeit vor etwa zwanzig Jahren."

„Ich kenn den seinerzeitigen Direktor und seh ihn auch gelegentlich, aber ich halt nicht viel von ihm. Er war mir zu opportunistisch und hatte keine Prinzipien. Sonst hab ich dorthin leider keinen Kontakt. Aber vielleicht kann dir ein Kollege von der Verkehrserziehung weiterhelfen. Die haben doch dauernd in den Schulen zu tun."

„Das wär eine Idee."

„Ich kümmer mich gleich drum. Der Name des Kollegen liegt mir auf der Zunge. Ich schau gleich in meinem Telefonverzeichnis nach. Wenn's für dich passt, geb ich deine Nummer weiter und du bekommst einen Rückruf."

Rumpler bedankte sich bei Fritz mit einem leicht schlechten Gewissen, weil er dachte, dass er ihn eigentlich hätte einladen sollen, um ihn etwas aus seiner Einsamkeit herauszuholen, sich dann aber doch dagegen entschieden hatte.

Am späten Nachmittag läutete Rumplers Telefon. Es war ein

gewisser Richard Balkovics am Apparat, der Verkehrspolizist, seit fünfzehn Jahren im Ruhestand, wie er zur Erklärung sagte. Rumpler schilderte Balkovics kurz sein Anliegen und bedankte sich für die rasche Kontaktnahme.

„Mach ich doch gern, wenn ich einem Kollegen weiterhelfen kann. Ich kenn aus der Schule schon noch ein paar Lehrer, aber richtigen Kontakt hab ich eigentlich nur mit dem alten Schulwart, dem Anton Nowak. Das ist ein netter Mensch, mit dem ich mich von Zeit zu Zeit treff und dann eine Partie Schach spiel. Das könnt klappen. Den werd ich fragen. Zum Glück ist sein Gedächtnis trotz seiner sonstigen Gebrechlichkeit noch immer ausgezeichnet."

Während Rumpler kurz darüber lächelte, dass ein vielleicht Achtzigjähriger die Gebrechlichkeit eines anderen ansprach, bedankte er sich bei Balkovics, der ihm einen baldigen Rückruf durch den Schulwart versprach.

Als Rumpler gegen einundzwanzig Uhr bereits dachte, dass es heute mit diesem Rückruf wohl nicht mehr klappen würde, läutete sein Telefon, der gebrechliche Herr Nowak rief an, stellte sich als erstaunlich lebhafter Gesprächspartner heraus und bot Rumpler ohne weitere Umstände ein Treffen an, am kommenden Montag um zehn Uhr in einem nicht weit vom Gymnasium entfernt liegenden Kaffeehaus, das Rumpler noch nicht kannte.

Im Café, das ebenfalls in der Rossau lag, die ihren Namen den Weiden und Schwemmen der Pferde verdankte, die vor Jahrhunderten die Schiffe stromaufwärts gezogen hatten, war es für Rumpler kein Problem, den alten Schulwart zu finden, weil dieser als einziger Gast ein Schachbrett vor sich hatte, auf dem einige Figuren positioniert waren. Rumpler stellte sich vor. Nowak war klein, fast schon gnomenhaft, und hatte dünnes, schütteres Haar und zahllose Lachfältchen.

„Guten Morgen, Herr Rumpler. Spielen Sie Schach?"

„Leider nein", erwiderte Rumpler nicht ganz wahrheitsgemäß, da er ein durchaus passabler Schachspieler war, sich aber jetzt nicht von seiner Fährte abbringen lassen wollte. Er bedankte sich für Nowaks Kommen.

Dieser legte den Kopf schief, was ihm ein vogelartiges Aussehen verlieh, und beäugte Rumpler von der Seite. „Ich glaub, dass Sie doch ein ordentlicher Schachspieler sind. Aber Sie sind noch jung und haben es eilig. Ich versteh das schon. Wenn ich kann, helf ich Ihnen sehr gern“, sagte der Alte und lachte verschmitzt. „Schießen Sie los.“

Rumpler zögerte kurz. „Herr Nowak, bevor ich Sie zu früheren Schülern etwas frag, hätt ich noch eine Bitte. Würden Sie bitte – Richard Balkovics natürlich ausgenommen – mit niemandem über unser Gespräch reden?“

„Kein Problem.“

„Danke. Dann komm ich gleich zur Sache. Vor knapp zwanzig Jahren hat es in der Schule einen sehr begabten Schüler namens Edwards, Alexander Edwards gegeben …“ Rumpler unterbrach seinen Satz, weil er bemerkte, dass Nowak ins Leere starrte, so lange, dass Rumpler plötzlich Zweifel hatte, ob er ihn überhaupt verstanden hatte.

Dann legte der Alte los: „Edwards, natürlich! Ein sehr unangenehmer Kerl, hochintelligent, ziemlich tückisch, aber immer noch harmlos im Vergleich zu seiner Mutter. Die alte Edwards war gefürchtet. Wenn ihr feines Söhnchen wieder einmal was ausgefressen hatte und sie in die Schule gekommen ist, dann war richtig Feuer am Dach.“

„Hat Alexander eigentlich Freunde gehabt?“

„Nein, gar keine. Niemand wollt etwas mit ihm zu tun haben, außer einem sehr großen Burschen, der sich mit ihm zusammengetan hat. Edwards war ein richtiges Früchtchen, sehr schlau, und er hat sich nie die Hände schmutzig gemacht. Prügeleien und Ähnliches hat er immer seinem Freund überlassen. Sein Name ist mir leider entfallen.“

„Hieß er vielleicht Schnirch? Gregor Schnirch?“

Der Alte strahlte. „Natürlich, Edwards und Schnirch! Woanders wären die beiden in null Komma nichts von der Schule geflogen, aber unser damaliger Direktor war eine richtige Windel. Ein Lehrer hat sich einmal wegen Erpressung von Schutzgeldzahlungen durch die beiden klar gegen sie gestellt. Die Sache ist eskaliert, der Direktor ist informiert worden. Dann ist die alte Edwards in die Schule gerauscht und das Ende vom Lied war, dass anstatt der Übeltäter der Lehrer die Schule verlassen musste. Nach diesem Vorfall ist den beiden der Kamm natürlich noch mehr geschwollen und es hat kaum jemand gewagt, sich mit ihnen anzulegen."

„Gibt es eigentlich noch Fotos der Schüler aus dieser Zeit?"

„Ja, die gibt es und sie sollten derzeit auch quasi griffbereit sein, weil die Schule sich auf ein großes Jubiläum vorbereitet. Melden Sie sich einfach im Sekretariat, die zeigen Ihnen dann die richtigen Bücher. Ich ruf gern vorher an, dann hilft man Ihnen sicher sofort."

„Das ist sehr freundlich von Ihnen. Vielen Dank für Ihr Entgegenkommen."

Rumpler verabschiedete sich, trat an die Theke und zahlte, wobei er auch die Rechnung für Herrn Nowak beglich. Als er sich beim Hinausgehen noch einmal kurz umdrehte, sah er, dass der alte Schulwart bereits sein Mobiltelefon in der Hand hielt, seinen Blick gleichzeitig jedoch schon wieder in seine Schachposition versenkt zu haben schien.

Rumpler beschloss, dem Gymnasium sofort einen Besuch abzustatten. Wie von Herrn Nowak zugesagt, war sein Kommen bereits telefonisch angekündigt worden und die Sekretärin erwies sich als ausgesprochen freundlich und hilfsbereit. Sie händigte Rumpler ohne Weiteres die gewünschten Jahrgangsbücher aus und bot ihm zum Durchsehen einen Arbeitsplatz in einem kleinen Raum an, der neben einem Tisch samt Sessel über einige Bücherregale, aber auch zahlreiche naturgeschichtliche Präparate und Modelle verfügte, alle verstaubt wie aus einer anderen Welt.

„Eine Rumplerkammer", dachte Rumpler, schmunzelte über sein Wortspiel und schlug das erste Buch auf. Er blätterte es durch und musste feststellen, dass die im Inhaltsverzeichnis angekündigten Jahrgangsfotos samt Namensliste, auf denen Edwards und Schnirch hätten auftauchen müssen, fehlten. Bei genauerem Hinsehen erkannte er, dass die entsprechenden Seiten mit einem scharfen Messer herausgetrennt worden waren. Eine rasche Kontrolle der anderen Bücher brachte dasselbe Ergebnis. Rumpler atmete erleichtert auf. Alles sprach dafür, dass Edwards in die Schule gekommen war und die Seiten, auf denen er mit Schnirch zu sehen war, herausgetrennt hatte. Edwards wusste daher auch nicht, dass Sonja bereits Fotos von den entsprechenden Bildern gemacht hatte, weil er sich sonst die Mühe des Heraustrennens der Seiten hätte sparen können.

Rumpler nahm die Bücher unter den Arm und ging mit ihnen zur Sekretärin, um sich Gewissheit zu verschaffen, und sprach sie auf die fehlenden Seiten an. „Mir ist aufgefallen, dass in den Büchern einige Seiten fehlen. Sie dürften herausgetrennt worden sein."

„Ja, das ist eine seltsame Geschichte. Vor Ihnen hatten schon zwei andere Besucher Interesse an den Büchern – zuerst eine dunkelhaarige, junge Dame und kurz danach ein Herr mit Bart und Brille, auffallend höflich und gepflegt. Er war es auch, der mich auf das Fehlen der Seiten aufmerksam gemacht hat, weil ich das sonst gar nicht bemerkt hätt. Die junge Dame, die vor ihm da war, muss sie wohl herausgetrennt haben."

„Hat Sie der Herr Näheres zu den fehlenden Seiten gefragt?"

„Ja, das hat er, und beinahe wär mir alles herausgerutscht, weil ich mich wegen der herausgetrennten Seiten so geärgert hab, und dabei hab ich doch der jungen Dame versprechen müssen, die Sache geheim zu halten, weil es ja um eine Überraschung geht, für einen gewissen Herrn Eduard oder so ähnlich. Es hätt aber ohnedies keine Rolle gespielt, weil der Herr mit Bart ganz anders hieß, ich glaube, er sagte Berger oder Burger."

Rumpler bedankte sich nochmals für ihre Hilfe und ging. Seine ursprüngliche Erleichterung hatte sich in der Zwischenzeit völlig verflüchtigt. Zum einen wusste er aus Erfahrung, dass man in den meisten Fällen, in denen jemand sagte, es wäre ihm oder ihr „beinahe etwas herausgerutscht", das Wort „beinahe" streichen konnte. Speziell einem aufmerksamen Beobachter, und das war Edwards ganz ohne Zweifel, würde sofort die Verhaltensänderung der Sekretärin auffallen. Dass es sich bei dem höflichen, bärtigen und bebrillten Herrn Berger in Wirklichkeit um Edwards gehandelt hatte, daran bestand für Rumpler kein Zweifel. Aber noch eine zweite Überlegung quälte ihn. Was, wenn Edwards, aus welchen Gründen auch immer, von Sonjas Recherchen im Gymnasium wusste und nur in der Absicht, dieses Wissen zu verschleiern, die Seiten herausgetrennt hatte? Normalerweise hätte Rumpler diese Überlegung als zu weit hergeholt abgetan, aber bei Edwards war das anders. Ihm war so ein komplexer Schachzug durchaus zuzutrauen und Rumplers Sorge um Sonja wuchs.

Er legte ein Stück seines Heimwegs zu Fuß zurück. „Ich muss unbedingt Moser informieren“, dachte er, „am besten gemeinsam mit Sonja, weil sie ihm vertrauen wird. Er ist aktiver Kriminalbeamter und sie kennt ihn schon lange. Er wird ihr klarmachen können, dass sie sich nicht in Gefahr bringen darf.“

Mehr Schwierigkeiten bereitete Rumpler die Vorstellung, Sabine über den Stand der Ermittlungen zu informieren. Ohne Zweifel hatte sie ein Recht darauf, zu wissen, was er bisher in Erfahrung gebracht hatte, es ging schließlich um den Tod ihres Mannes, aber er fürchtete ihre Reaktion. Sie hatten bisher nur ein sehr dünnes, wenn auch konsistentes Geflecht an Indizien für ein mögliches Fremdverschulden an Karls Tod und der wichtigste Teil ihrer Argumentation, nämlich die Karl mit höchster Wahrscheinlichkeit untergeschobene Goldunterschlagung, konnte nicht genutzt werden, weil das Sonja in arge Bedrängnis gebracht hätte. Rumpler beschloss, sein Vorgehen gegenüber Sabine erst nach dem Gespräch mit Moser und Sonja festzulegen.

Zu Hause angekommen rief er Moser an und vereinbarte mit ihm ein Treffen, wobei Moser die Terminkoordination mit Sonja übernehmen würde.

12.

Zwei Tage später saßen Rumpler, Moser und Sonja gegen fünf Uhr nachmittags in Rumplers Wohnung. Die Teller vor ihnen zeigten nur mehr spärliche Überreste von mit Nüssen gefüllten Bratäpfeln, die Rumpler zur Jahreszeit passend gemacht hatte; ihr Duft lag noch in der Luft. Rumpler hatte mit Sonjas Unterstützung Kaffee gebracht und atmete durch.

„Alois, ich muss dich über den Stand von Sonjas und meinen Recherchen unterrichten."

Moser hatte kurz verwundert aufgeblickt, weil ihn Rumpler nicht wie üblich mit Stinker angesprochen hatte, verstand aber im selben Moment, dass sich Rumpler diese Freiheit vor Sonja nicht herausnehmen wollte.

„Schieß los!", forderte er ihn auf.

„Ich bin nochmals die Telefonate aller Mitarbeiter, die zur Zeit von Karls Tod im Haus waren, durchgegangen. Dabei ist mir eine Art Muster aufgefallen. Karl ist an einem Dienstagabend gestorben und an den drei vorhergehenden Dienstagen haben Edwards, der Sicherheitschef, und Schnirch, der zweite Tresorarbeiter neben Karl, miteinander telefoniert. Immer zum selben Zeitpunkt und fast präzise in derselben Länge. Dann hat Sonja herausgefunden, dass Edwards knapp vor Karls Tod einen Mitarbeiter des Sicherheitsdienstes fürchterlich zusammengestaucht hat, weil dieser nur zwei Minuten vom Dienstplan abgewichen ist."

Bevor Moser zu ungeduldig werden konnte, fuhr Rumpler schnell fort: „Jetzt kommt der Hammer. Sonja hat herausgefunden, dass das Motiv für Karls Selbstmord laut einem nicht veröffentlichten Protokoll des Direktoriums von GVD die Unterschlagung eines Goldanteils eines Firmenkunden durch Karl war. Die gesundheitlichen Gründe waren demnach nur vorgeschoben.

Nachdem für den nächsten Tag eine überraschende Überprüfung der im Tresor gelagerten Goldbestände angesetzt worden war, soll Karl die Nerven verloren und Selbstmord begangen haben."

Mosers Gesicht spiegelte eine ganze Palette unterschiedlicher Empfindungen wider.

Rumpler fuhr fort. „Die Goldunterschlagung durch Karl war angeblich nur eine Art Test für die Möglichkeit, in großem Stil Gold an sich zu bringen. Daraufhin ist in einer Krisensitzung des Direktoriums von GVD beschlossen worden, zur Vermeidung einer Rufschädigung der Firma den Schaden ohne jedes Aufsehen wiedergutzumachen. Edwards, der ja für die Sicherheit und den IT-Bereich zuständig ist, wurde mit der Erstellung eines neuen IT-Programms für zufallsgesteuerte Goldbewegungen betraut, damit die Sperrführer nicht mehr sicher sein können, welche Goldbestände besonders lange unverändert bleiben."

Mosers Stirnadern schwollen an. „Die haben mich glatt angelogen."

„Ja", sagte Rumpler, „aber da ist nichts zu machen. Wir dürfen Sonja nicht gefährden und ohne sie hätten wir nie herausgefunden, was wirklich – oder angeblich – geschehen ist. Aber wir haben noch einen Punkt abgeklärt. Wenn Karl eine Goldunterschlagung im Tresor untergeschoben wurde und tatsächlich Gold aus dem Bestand eines Kunden fehlte, dann muss jemand, der unmittelbaren Zugang zum Tresor hat, daran beteiligt gewesen sein. Außer Karl ist daher nur Schnirch infrage gekommen. Sonja, wollen Sie vielleicht berichten, was Sie herausgefunden haben?"

„Wir haben nach einer möglichen Verbindung zwischen Edwards und Schnirch gesucht, haben Bundesheer, Jobs und Schule überprüft und sind in einem Gymnasium in Wien Alsergrund fündig geworden. Die beiden waren dort für ein paar Jahre zusammen."

Rumpler fuhr fort: „Mithilfe von Fritz Kramer und über einen Verkehrspolizisten hab ich einen alten Schulwart kennengelernt, der sich an die beiden erinnert hat – wohl deshalb, weil sie sehr oft unangenehm aufgefallen sind und auch weil die Mutter von Edwards die Schule regelrecht terrorisiert hat."

Moser lehnte sich in seinem Sessel zurück, ließ seinen Kaffeerest in der Schale kreisen und streckte die Beine aus. „Es ist wirklich unfassbar. Die Firma hat uns nach Strich und Faden belogen, aber wir können nichts unternehmen, solange wir nichts Handfestes zur Verfügung haben – und dazu wird es nicht kommen, weil GVD um jeden Preis eine Rufschädigung vermeiden wird." Moser wandte sich an Sonja. „Nur dass das klar ist, Sonja: Ab sofort bist du draußen. Die Sache stinkt zum Himmel, und wenn Edwards und Schnirch wirklich etwas mit Karls Tod zu tun haben, dann könntest du durch deine Recherchen massiv in Gefahr geraten. Also keine weiteren Nachforschungen. Auch wenn du wirklich vorsichtig vorgehst, könntest du über einen dummen Zufall stolpern."

„Okay. Ich hab verstanden", erwiderte sie.

„Gut, aber wie gehen wir jetzt weiter vor?", wandte sich Moser an seinen Exkollegen.

Rumpler dachte kurz nach. „Wir haben einen vagen Verdacht, der nur durch einige Indizien unterstützt wird. Es ist nicht unwahrscheinlich, dass Karl ermordet wurde. Was wir aber noch nicht haben, ist ein Motiv."

Sonja mischte sich ein. „Ich glaub, wir sollten uns bei einem möglichen Motiv weniger mit dem Mord, sondern eher mit der angeblichen Unterschlagung des Goldes beschäftigen. Wenn Karl das Gold nicht unterschlagen hat, haben das Edwards und Schnirch gemacht, und Edwards ist infolgedessen vom GVD-Vorstand mit der Entwicklung des neuen Sicherheitssystems betraut worden. Das gibt ihm doch gewissermaßen den Schlüssel zum Goldtresor in die Hand."

„Aber wieso konnte Edwards überhaupt damit rechnen, so einen Auftrag zu bekommen?", wandte Moser ein.

„Edwards hatte in der Krisensitzung unmittelbar nach Karls Tod die Rolle des Berichterstatters inne und damit auch wie ein Regisseur die Möglichkeit in der Hand, die Sache so darzustellen, dass sich seine Beauftragung förmlich aufgedrängt hat. Ich glaub, mit der Frage des Motivs hat Sonja recht. Die Zugriffsmöglichkeit auf die Goldbestände der Kunden von GVD ergibt tatsächlich ein Motiv."

„Wenn das wirklich so sein sollte", sagte Moser, „dann ist es sehr präzise geplant. Die behauptete Goldunterschlagung diente dazu, firmenintern den Selbstmord Karls plausibel zu machen und gleichzeitig wegen der befürchteten Rufschädigung jede Untersuchung durch externe Stellen zu vermeiden. Außerdem zeigte diese Goldunterschlagung eine wesentliche Sicherheitslücke in der Firma auf. Also wurde Edwards als Chef von Sicherheit und IT, nachdem er das Problem dargestellt hatte, mit der Entwicklung einer Lösung betraut und damit der Bock zum Gärtner gemacht."

Rumpler setzte hinzu: „Edwards könnte daher in aller Ruhe den Goldtresor ausräumen, ohne in absehbarer Zeit eine Entdeckung befürchten zu müssen. Ich glaube, wir müssen zweierlei tun: erstens jemand Hochrangigen in der Firma über die mögliche Gefahr informieren und zweitens Edwards aus seiner ruhigen Position aufscheuchen."

„Wen können wir bei GVD überhaupt ansprechen, nachdem die Firma offiziell ja gar nichts von der Goldunterschlagung weiß?", fragte Sonja.

„Da kommt wohl nur einer infrage" meinte Rumpler. „Ihr schlagender Schnösel, Sonja."

„Doch nicht der", protestierte sie.

Moser sah beide fragend an und Rumpler erklärte. „Es gibt ein Mitglied im Direktorium von GVD, das nicht mit der allgemeinen Linie übereinstimmte, die Goldunterschlagung zu verschweigen, sondern dafür war, die Polizei zu verständigen. Max Felsinger, er ist aber überstimmt worden."

„Dann sollten wir möglichst bald mit ihm reden", sagte Moser. „Sonja, könntest du ihn zu einem Gespräch bitten?"

„Wenn du das für richtig hältst, werd ich es tun", erwiderte Sonja mit eisiger Miene.

„Danke. Aber bevor du das machst, solltest du ihn noch mal genau durchleuchten. Eigentlich wollte ich dich ja aus der ganzen Sache draußen haben, aber ich fürchte, das gelingt nicht ganz."

„Das mach ich mit Vergnügen. Und zwar gründlich", bekannte Sonja grimmig.

„Das Treffen sollte zur Sicherheit wieder in einer Wohnung und nicht in einem Lokal stattfinden", gab Rumpler zu bedenken. „Ich könnt eine Kleinigkeit kochen."

„Mischen Sie einfach Felsingers Salat mit Rizinusöl", sagte Sonja.

Rumpler lachte. „Sie möcht ich nicht zur Feindin haben. Aber wir haben noch einen weiteren Punkt offen. Das Aufscheuchen von Edwards."

„Sonja, wie wär's, wenn du Edwards informierst, dass der Onkel von Karl nicht an einen Selbstmord glaubt und deshalb versucht, über dich an Informationen zu kommen?", schlug Moser vor.

„Das könnt gehen. Kurz nach dieser Information würd ich ihm dann persönlich einen Besuch abstatten, um zu schauen, wie er reagiert. Wär das für Sie in Ordnung, Sonja?", fragte Rumpler.

„Kein Problem. Ich muss nur eine plausible Begründung finden, warum ich Edwards darüber informiere, obwohl wir uns nicht besonders gut verstehen."

„Vielleicht sagen Sie ihm, dass es Ihnen um die Firma geht und dass solche Nachforschungen, wie ich sie vorhabe, dem Unternehmen schaden würden."

„Das könnte passen. Ich meld mich."

Sonja verabschiedete sich und ging, während Moser noch bei Rumpler blieb.

Der Polizeibeamte verlor seine bisher mühsam aufrechterhaltene Beherrschung. „Das ist eine gottverdammte Scheiße. Und wir können überhaupt nichts tun, solange die Firma ein Interesse daran hat, alles zu vertuschen."

„Das seh ich auch so. Trotzdem könnt es bei Edwards ein paar Schwachstellen geben. Eine davon ist Schnirch, der sicher sehr viel über Edwards weiß und damit ein potenzielles Sicherheitsrisiko für ihn darstellt. Ein anderer schwacher Punkt könnt seine Mutter sein. Sie hat nach dem frühen Tod ihres Mannes großen Einfluss auf Edwards gehabt, hat ihn während seiner Schulzeit oft aus Schwierigkeiten herausgeholt und soll ein richtiger Drache sein. Mein Gefühl sagt mir, wenn es überhaupt gelingen sollte, Edwards aus der Fassung zu bringen, dann entweder über seine Mutter oder über Schnirch."

„Was mir ganz und gar nicht gefällt, ist die Tatsache, dass wir trotz einer ziemlich dichten Verdachtslage – und zwar bezüglich Mordes und anderer schwerer Verbrechen – als Polizei nicht offiziell involviert sind und es auch nicht sein können, außer wir stützen uns auf Sonjas Recherchen und gefährden sie dadurch massiv. Es passt mir ohnehin nicht, wie tief sie bereits in der Sache steckt."

„Mir auch nicht, aber ich fürchte, wir können das nicht ändern. Zum Glück ist sie hochintelligent und kann auch recht gut auf sich aufpassen."

„Das stimmt natürlich. Das Problem ist aus meiner Sicht folgendes: Falls es dir wirklich gelingt, Edwards aus seiner Komfortposition aufzuscheuchen, wie du gesagt hast, besteht eventuell die Möglichkeit, dass er eine unbedachte Reaktion zeigt und damit einen Fehler macht. Um das festzustellen, müssten wir ihn aber überwachen und für eine Überwachung reicht die derzeitige offizielle Verdachtslage vermutlich nicht aus."

„Wie wär's, wenn wir auf Basis der offiziellen Indizien wie etwa der seltsamen Telefonate zwischen Edwards und Schnirch oder auch der Tatsache, dass sich die beiden schon seit der Schulzeit kennen, um eine Abhörgenehmigung ansuchen und du vorher inoffiziell mit dem zuständigen Richter sprichst? Du könntest ihn dabei informieren, dass wir zusätzlich zu den offiziellen Gründen für das Abhören noch wesentlich gravierendere Argumente haben, die wir aber aus guten Gründen nicht verwenden dürfen. Vielleicht haben wir Glück und er gibt uns die Genehmigung."

„Ich kann mir das eigentlich nicht vorstellen, aber einen Versuch ist es trotzdem wert. Ich kümmer mich drum."

„Gut. Dann warten wir, ob wir die Genehmigung kriegen, und schauen, was Sonja erreicht."

„Servus, Hans."

„Servus, Stinker."

13.

Am nächsten Morgen gleich nach dem Frühstück rief Rumpler Sabine an. „Hallo Sabine, hier ist Hans."

Ihre Stimme klang wesentlich sicherer als bei ihrem letzten Gespräch. „Hallo, Onkel Hans. Hast du etwas herausgefunden?"

„Ja und nein. Können wir uns treffen?"

„Gern. Passt es für dich heute Abend?"

„Sehr gut. Komm einfach zu mir. Ich koch uns eine Suppe zum Aufwärmen und wir können ungestört reden."

„Danke. Ich freu mich darauf, dich zu sehen."

Gleich nach dem Telefonat inspizierte Rumpler seinen Kühlschrank. Einige Karotten, die er für die Suppe brauchte, hatte er noch vorrätig. Was fehlte, waren Jungzwiebeln, Ingwer und rote Linsen.

Von seinem kurzen Einkauf wieder zurück verwöhnte er zunächst Rosamunde mit einem schönen Stück Putenschinken, ließ dann die klein geschnittenen Jungzwiebeln in Butter anlaufen, gab den fein gehackten Ingwer und zuletzt die grob gerissenen Karotten dazu, ließ die Mischung ein wenig schmurgeln, goss dann die erforderliche Menge Wasser auf und fügte zuletzt Suppenwürfel hinzu. Während er die Suppe ein paar Minuten köcheln ließ, machte er sich einen Kaffee, wobei er eine helle Schale, auf der stilisierte Vögel abgebildet waren, wählte, um der zu erwartenden Schwere des kommenden Gesprächs etwas Leichtigkeit entgegenzuhalten. Nach dem ersten genussvollen Schluck gab er noch eine Handvoll rote Linsen in die Suppe und ließ sie etwa eine Viertelstunde vor sich hin simmern.

Als Sabine eintraf, hatte er die Suppe bereits wieder erhitzt. Schließlich war es ein bitterkalter Tag mit einer in die Knochen kriechenden Kälte und Rumpler vermutete, dass sich Sabine in der letzten Zeit nicht sehr um warme Mahlzeiten gekümmert hatte. Als er sie umarmte, hatte er plötzlich das tröstliche Gefühl, dass in ihr trotz aller Traurigkeit und Schwere auch ein zäher Überlebenswille am Werk war, der ihn an jene unglaublich genügsamen Pflanzen erinnerte, die gelegentlich aus Ritzen zwischen Betonplatten, an den unwirtlichsten Stellen, emporwuchsen und manchmal sogar noch zum Blühen kamen.

Sabine freute sich über die heiße und durch den Ingwer ziemlich scharfe Suppe, die sie beinahe schweigend aßen. Dann wechselten sie vom kleinen Essplatz in Rumplers Küche ins Wohnzimmer zu den abgeschabten, aber äußerst bequemen Lederfauteuils hinüber.

„Sabine, ich möcht dich über den Stand meiner Nachforschungen informieren."

„Da bin ich sehr froh. Ich hab mir schon gedacht, dass es dabei vielleicht Schwierigkeiten gibt, weil ich so lange nichts gehört hab."

„Die gibt es tatsächlich. Bitte entschuldige, dass ich mich so lange nicht gemeldet hab. Die Sache ist ziemlich kompliziert, aber auf den Kern reduziert, hab ich den Verdacht, dass Karl nicht Selbstmord begangen hat, sondern ermordet worden ist."

Sabine war von dieser Mitteilung weniger erschüttert, als Rumpler vor dem Gespräch befürchtet hatte, doch plötzlich war sie hoch konzentriert. „Wen hast du im Verdacht?"

„Dazu möcht ich derzeit noch nichts sagen. Ich steh vor mehreren Schwierigkeiten gleichzeitig. Erstens soll das Motiv für Karls Selbstmord nicht seine angegriffene Gesundheit, sondern eine Unterschlagung von Gold durch ihn gewesen sein."

Sabine unterbrach ihn sofort. „Das ist absolut lächerlich! Du hast Karl doch gekannt. Er war die Korrektheit in Person."

„Ja, aber er ist tot und kann sich daher nicht mehr zur Wehr setzen, auch nicht gegen falsche Anschuldigungen. Eine zweite Schwierigkeit, die mit der ersten zusammenhängt, liegt darin, dass GVD absolut kein Interesse hat, die tatsächliche oder auch nur untergeschobene Goldunterschlagung in irgendeiner Weise bekannt werden zu lassen, weil das das Vertrauen der Kunden erschüttern könnte. Von dieser Seite ist daher leider keinerlei Unterstützung zu erwarten. Das dritte Problem ist die Tatsache, dass ich zwar einige Indizien sammeln konnte, die mit einer Ermordung Karls kompatibel sind, aber das sind keineswegs schlüssige Beweise.

Die vierte und wahrscheinlich größte Schwierigkeit liegt darin, dass ich die meisten meiner Informationen über eine junge Mitarbeiterin von GVD informell besorgt habe. Wenn das bekannt wird, wär sie nicht nur ihren Job sofort los, sondern – falls die Mordthese stimmt – in akuter Lebensgefahr. Die Polizei hab ich über einen ehemaligen Kollegen informell in Kenntnis gesetzt, aber offiziell ist der Fall für sie abgeschlossen."

Sabines Stimme klang plötzlich schrill. „Heißt das, der Mörder von Karl kommt ungeschoren davon?"

„Sabine, wenn Karl tatsächlich ermordet wurde, dann versprech ich dir, dass der Mörder nicht einfach davonkommt. Im momentanen Stadium sind meine Indizien eine viel zu dünne Suppe, um eine Anklage erheben zu können. Ich bin weiter an der Sache dran, aber es ist für mich und auch für die Sicherheit meiner Informantin von entscheidender Bedeutung, dass es zu keinerlei Vorwarnung des oder der Verdächtigen kommt. Bitte versprich mir, dass du absolut nichts in dieser Richtung unternehmen wirst, auch wenn die derzeitige Situation für dich sehr schwer erträglich ist."

„Kein Problem, ich werd nichts in dieser Richtung unternehmen, aber halt mich bitte auf dem Laufenden. Die Vorstellung, dass Karl ermordet worden ist, ist zwar fürchterlich, aber wenigstens nicht so völlig absurd wie sein vorgeblicher Selbstmord."

„Ich werd dich über die weiteren Ermittlungen informieren."

„Danke, dass du das für mich gemacht hast. Und für Karl."

„Das ist doch selbstverständlich. Ich meld mich bei dir."

Sabine bot ihm noch an, ihm beim Abwaschen des Geschirrs zu helfen, was er aber dankend ablehnte. Rumpler begleitete sie zur Tür, und kaum war sie gegangen, erschien Rosamunde, die sich während des Besuchs auffallend im Hintergrund gehalten hatte.

„So schlimm war es gar nicht, wie ich ursprünglich befürchtet hab", sagte Rumpler.

Rosamunde strich ihm um die Beine.

„Gute Katze", fügte er hinzu.

Rosamunde meinte, es sei Zeit für etwas Futter und Rumpler gab ihr recht. Als er ihr beim Fressen zusah, wurde ihm wie schon so oft wieder einmal klar, wie viel ihm diese alte Katze eigentlich bedeutete.

14.

Nachdem Rumpler für die nächsten Tage nicht mit raschen Ergebnissen rechnete, rief er Alma an, an die er in letzter Zeit sehr oft gedacht hatte, und schlug ihr für den nächsten Vormittag einen Spaziergang im Schönbrunner Schlosspark vor. Als er sie anrief, fühlte er sich wie ein Fünfzehnjähriger, der sich nicht sicher war, ob er mit seiner Anfrage willkommen sei, und als sie ohne Weiteres zustimmte, freute er sich so sehr, dass er seine Freude gleich mit Rosamunde bei einem kleinen, aber ausgezeichneten Essen samt ausführlichem Gespräch teilte.

Am nächsten Morgen wartete er sicherheitshalber schon eine Viertelstunde vor dem vereinbarten Zeitpunkt beim Eingang zum Palmenhaus, den sie als Treffpunkt vereinbart hatten. Alma kam sehr pünktlich.

„Von ihr hat Sonja also ihre Pünktlichkeit", dachte Rumpler, während er Alma entgegenging, um sie zu begrüßen. Sie musste sehr flott gegangen sein, denn ihre Wangen waren gerötet und wegen der vorherrschenden Minusgrade erzeugte ihr Atem kleine Dampfwölkchen.

„Guten Morgen, Alma. Ich freu mich, dass es mit unserem Treffen geklappt hat", begrüßte er sie.

„Hallo Hans. Ich freu mich auch." Ihre Stimme und ihre Augen nahmen ihn sofort wieder gefangen.

„Was halten Sie von einer großen Runde durch den Schlosspark, an den römischen Ruinen vorbei bis hinten zum Tirolerhof, und dann gehen wir auf einen Kaffee?"

„Das klingt ausgezeichnet. Ich schlag das Café Schwarzmüller vor. Klein, aber sehr gemütlich."

Am Vorabend hatte es leicht geschneit und aufgrund der Kälte knirschte der Schnee unter ihren Füßen. Rumpler liebte dieses Geräusch. Sie stellten sich sehr schnell auf einen gemeinsamen

Gehrhythmus ein, und während sie durch die langen, beinahe menschenleeren Alleen spazierten, erzählten sie einander ihr Leben in kleineren, größeren, manchmal auch kleinsten Abschnitten, schwiegen sogar immer mal wieder für längere Zeit und staunten beide über die Vertrautheit, die zwischen ihnen bestand.

Im Café Schwarzmüller war Rumpler noch nie gewesen, aber Alma war hier bekannt und sie bekamen ohne Weiteres einen der begehrten Tische in den Fensternischen. Der Kaffee war hervorragend und die Maronitorte, ein zarter Traum, passte perfekt dazu. Alma erzählte Rumpler von ihrer Leidenschaft für Italien, ganz speziell für Umbrien und die Toskana, und von ihren diesbezüglichen Urlaubsplänen. Rumpler, der sehr oft in Italien gewesen war, als Elsa noch gelebt hatte, empfahl ihr, gelegentlich einen Urlaub im Friaul zu erwägen, etwa in der Gegend von Duino mit dem Steilabfall ins Meer und der großartigen Aussicht, Palmanova mit seinem wunderbar freien und großzügigen Hauptplatz oder auch dem winzigen Ort Tissano mit seiner romantischen Villa, in der man nicht nur hervorragend essen, sondern auch nächtigen konnte.

Auf Almas Frage, wo er seinen nächsten Urlaub verbringen wolle, sagte er, dass er in den letzten Jahren zu Hause in Wien geblieben sei und das wohl auch in diesem Jahr so beibehalten werde. Er habe seine Liebe zum Volksgarten entdeckt, in dem er beinahe täglich spazieren gehe.

Nachdem sie sich gestärkt hatten, kam Alma auf Lailani zu sprechen. „Hans, mit Ihrer Katze haben Sie Lailani einen Floh ins Ohr gesetzt. Sie spricht sehr oft von ihr. Wäre es vielleicht möglich, dass Sie ihr die Katze zeigen?"

„Sehr gerne. Wann würd es denn für Sie und Lailani passen, Rosamunde zu besuchen?"

„Ich glaub, es kann gar nicht früh genug sein. Hätten Sie vielleicht morgen Nachmittag gegen fünfzehn Uhr Zeit?"

„Das passt gut. Ich geb Ihnen meine Adresse. Mit Parkplätzen schaut es in meiner Gegend leider nicht sehr gut aus."

„Kein Problem, wir kommen ohnedies mit der U-Bahn. Meine Kleine wird sich sehr freuen."

Nachdem sie sich über einige schwarzmüllersche Stammgäste unterhalten hatten, die Alma großteils kannte, sagte sie unvermittelt: „So ein schöner Tag. Danke, Hans."

„Ich hab gar nicht mehr gewusst, wie schön das Leben sein kann", entgegnete Rumpler.

Alma lächelte und er fühlte Wärme in sich aufsteigen. Rumpler war glücklich wie schon lange nicht mehr.

Er begleitete Alma nach Hause, und als er sich von ihr mit einem Kuss auf die Wange verabschieden wollte, stellte sie sich auf die Zehenspitzen, nahm sein Gesicht behutsam in ihre Hände und küsste ihn sanft auf den Mund.

Bevor er etwas sagen konnte, berührte sie seine Oberlippe ganz leicht mit ihrem Zeigefinger. „Servus, Hans. Komm mich bald wieder besuchen." Wieder wankte der Boden ein wenig unter Rumplers Füßen, und als er das Haus verließ, war die Welt für ihn eine andere geworden, so anders, dass er staunte wie ein Kind, was mit ihm geschehen war.

Am nächsten Morgen duschte Rumpler lange und gründlich. Er genoss das herunterprasselnde, dampfende Wasser und freute sich, dass er sich seinerzeit, als er das Bad neu adaptieren hatte lassen, den Luxus einer Regenwalddusche gegönnt hatte. Dann machte er einen Spaziergang, bei dem er auch gleich seine Einkäufe erledigte, um seinen Gästen etwas aufwarten zu können.

Als er wieder in seiner Wohnung war, sah er auf dem Anrufbeantworter, dass Alma angerufen hatte. Sie wäre für den Besuch leider verhindert, weil sie ganz kurzfristig einer Freundin in einer akuten Krise beistehen müsse, und hatte Lailani vorgeschlagen, den Besuch zu verschieben. Weil Lailani aber unbedingt die Katze bald besuchen wollte, hätte sie schließlich nachgegeben und ihr erlaubt, alleine zu fahren. Sie hoffe, das sei Rumpler recht. Rumpler, der sich schon sehr gefreut hatte, Alma zu sehen, und ihr auch gerne seine Wohnung gezeigt hätte, war enttäuscht.

Lailani kam einige Minuten vor dem vereinbarten Termin. Rumpler begrüßte sie und bot ihr etwas zu trinken an. Sie bat ihn um eine heiße Schokolade. Rosamunde hatte sich bis jetzt nicht gezeigt. Rumpler erklärte, dass sie bei Fremden zunächst oft vorsichtig war und sich gelegentlich auch versteckte.

Als die Schokolade schon fast zur Neige gegangen war, tauchte Rosamunde plötzlich wie bei einem Zaubertrick aus dem Nichts auf und strich Lailani um die Beine. Die Kleine lächelte und begann, mit Rosamunde zu sprechen, zunächst ohne sie zu streicheln. Rosamunde intensivierte ihre Annäherungsversuche und Lailani strich ihr sanft und regelmäßig über den Rücken. Rosamunde schnurrte und entspannte sich zusehends.

„Sie mag dich", sagte Rumpler.

„Ich mag sie auch. Sie ist eine schöne Katze."

Rosamunde schnurrte zustimmend.

„Darf ich sie zeichnen?", fragte Lailani.

„Selbstverständlich. Ich hol dir Papier und Bleistift."

„Das brauch ich nicht. Ich hab immer ein Skizzenbuch dabei, weil ich sehr oft zeichne."

„Das ist ja toll", sagte Rumpler. „Darf ich in deinen Block hineinschauen?"

„Gern." Sie zeigte ihm ein dünnes Buch, ähnlich wie Rumplers Moleskinebücher, aber querformatig, darin herrschte ein lebendiges Durcheinander von Menschen, Tieren, Fahrzeugen und verschiedenen Gegenständen – alles mit wenigen, aber sehr sicheren Strichen gezeichnet, sodass das jeweils Charakteristische stark hervortrat.

„Wo hast du denn das gelernt?", staunte Rumpler.

„Das geht ganz von selbst."

„Das ist ja großartig. Damit hast du immer ein schönes Geschenk, wenn einmal jemand Geburtstag hat."

„Alma hat bald Geburtstag."

„Wann denn?"

„In gut einer Woche, am zwanzigsten Februar."

„Dann könntest du ihr ja eine Zeichnung von Rosamunde

schenken und wir könnten einen schönen Rahmen dazu machen lassen", schlug Rumpler vor.

Lailani strahlte. „Das wär super."

„Aber das muss unser Geheimnis bleiben, sonst ist es keine Überraschung."

„Großes Ehrenwort."

Lailani machte sich daran, Rosamunde zu zeichnen, die es sich auf ihrem Orchideenplatz gemütlich gemacht hatte, als ob sie wüsste, dass jetzt eine dekorative Umgebung erwünscht war.

Rumpler wollte Lailani nicht durch seine Neugierde stören und erlaubte sich daher nur gelegentlich einen flüchtigen Blick auf das Blatt.

Die Zeichnung war bemerkenswert. Rosamundes Haltung, die leicht nach innen gekrümmte linke Vorderpfote, das entspannte Liegen, alles war mit relativ wenigen, aber sehr sicheren Strichen erfasst. Dazu waren die Rosamunde umgebenden Orchideen zum Teil sehr deutlich gezeichnet, zum Teil aber nur in ganz zarten Konturen angedeutet.

Als Lailani fertig war, sagte Rumpler: „Ich bin sicher, damit machst du Alma eine ganz große Freude. Wenn du mir das Blatt dalässt, lass ich es rahmen und bring es dann bei einem Besuch bei euch mit."

Lailani strahlte, bedankte sich bei ihm und verabschiedete sich.

„Da kannst du sehen, was für eine schöne Katze du bist", sagte Rumpler zu Rosamunde mit einem Blick auf das Bild, als Lailani gegangen war. Rosamunde hatte daran keinerlei Zweifel.

Rumpler stellte sich Alma vor, wenn sie die Zeichnung bekommen würde, und lächelte.

Als Lailani wieder zur „Insel" zurückgekehrt war, wunderte sich Alma, dass sie so lange aus gewesen war. „Hat dir die Katze von Herrn Rumpler gefallen?"

„Sehr gut. Sie ist wirklich nett. Und er auch. Sehr."

„Was habt ihr denn so gemacht? Du warst ja ziemlich lange fort."

„Das darf ich niemandem sagen. Das ist ein Geheimnis von Herrn Rumpler und mir."

Alma blickte leicht irritiert drein, entschloss sich aber dann, nicht weiter nachzufragen.

15.

Am nächsten Vormittag bekam Rumpler einen Anruf von Alma. „Hallo Hans. Es freut mich, dass es Lailani so gut bei dir gefallen hat. Sie schwärmt noch immer von Rosamunde."

„Sie ist ein ganz reizendes Kind und Rosamunde hat sich mit ihr sehr gut verstanden."

„Nochmals danke, dass du sie eingeladen und ihr Rosamunde gezeigt hast. Ich habe übrigens für heute Abend von meiner erkrankten Freundin zwei Karten für ein Konzert im Musikverein bekommen. Es gibt unter anderem ein Klavierkonzert mit Rudolf Buchbinder und den Wiener Symphonikern, Dirigent ist Georges Prêtre. Hast du Lust mitzukommen?"

Rumpler, der zwar die Musik liebte, den bei einem Konzert unvermeidlichen Menschenauflauf aber nicht, zögerte nur einen Sekundenbruchteil mit seiner Antwort. Er wollte mit Alma zusammen sein, egal wo. Mit ihr würde er sogar an einem Adventssamstag auf der Mariahilfer Straße einkaufen gehen.

„Sehr gern", erwiderte er.

Alma lachte ihr herzliches und warmes Lachen. „Das wird wirklich schön."

Er lachte auch, völlig entwaffnet. „Ich freu mich so, dich zu sehen."

Sie hatten vereinbart, sich eine Viertelstunde vor dem Konzert im Garderobenbereich zu treffen. Rumpler, der schon etwas früher dort war, betrachtete die Konzertbesucher, die im Durchschnitt gut und gerne zehn Jahre älter waren als er selbst. Die mittleren Jahrgänge schienen eher unterrepräsentiert zu sein, aber es gab eine ganze Menge junger Leute, Studenten vielleicht, die sich die Gelegenheit nicht entgehen lassen wollten, Rudolf Buchbinder zu hören.

Dann traf Alma ein, gemeinsam mit einer regelrechten Menschentraube, und sie fiel Rumpler sofort auf durch die Art, wie sie sich bewegte, wie sie ihre Füße setzte, sehr bewusst und harmonisch. Rumpler hatte Sonja schon vor einigen Tagen auf diese unglaubliche Präsenz Almas angesprochen und erfahren, dass sie sich als junges Mädchen intensiv mit Ballett und Ausdruckstanz befasst und eine Zeit lang sogar überlegt hatte, Berufstänzerin zu werden.

Rumpler ging ihr entgegen, ein wenig unsicher, welche Begrüßung ihr in Anbetracht der vielen Konzertgäste recht wäre. Sie umarmte und küsste ihn mit größter Selbstverständlichkeit, so fest, dass er sein Herz klopfen spürte. Oder war es ihres?

Nachdem sie ihre Mäntel abgegeben hatten, suchten sie ihre Plätze, die im großen Saal ziemlich weit hinten lagen, aber einen sehr guten Blick auf die Musiker boten. Als der Dirigent, bereits in seinen Achtzigern, nicht ohne Mühe das Podium erreichte, fühlte sich Rumpler von der unmittelbar spürbaren Liebe und bedingungslosen Hingabe dieses alten Mannes an die Musik bewegt. Die Musik setzte ein und Rumpler war erstaunt, dass alles – die goldenen Frauengestalten am Rand des Saales, die große goldene Orgel, die Musik, die Gegenwart von Alma – für ihn zu einem einzigen Glücksgefühl verschmolz. Es war gut, da zu sein, mit Alma an seiner Seite. Kaum hatte er an sie gedacht, als sie auch schon seine Hand berührte.

Nach dem ersten Stück, einer Ouvertüre von Beethoven, wurde der mächtige Konzertflügel für den Pianisten hereingeschoben und von der perfekt agierenden Transportmannschaft mit unglaublicher Schnelligkeit und Präzision in Position gebracht. Das folgende Klavierkonzert zeigte die erstaunliche Bandbreite des Pianisten. Es gab Teile, die er mit geradezu berserkerhafter Kraft spielte, andere wiederum mit perlender Leichtigkeit und alles mit größter Selbstverständlichkeit. Rumpler war hingerissen. Gewaltiger Applaus, dann die Pause. Sie standen auf, um sich ein wenig die Füße zu vertreten, wobei sie das dicht belagerte Buffet sorgfältig mieden.

Als sie sich vor Beginn des zweiten Teils schließlich wieder gesetzt hatten, hörten sie aus der Sitzreihe hinter sich eine Diskussion zweier Damen.

„Spielt der am Steinway?"

„Nein, ich glaub, das ist ein Bösendorfer."

„Aber der Buchbinder spielt doch nur am Steinway."

„Du, ich weiß nicht. Schau mal, vielleicht erkennst du die Schrift."

„Ich kann's nicht lesen."

„Ich auch nicht. Aber vielleicht ist es doch ein Bösendorfer."

Zu Almas Überraschung drehte sich Rumpler in Richtung der beiden Damen um und sagte mit verschwörerischer Miene: „Meine Damen, bitte entschuldigen Sie, wenn ich mich einmisch, aber ich glaub, Sie haben beide recht. Angeblich gibt es ein streng vertrauliches Kooperationsprojekt der Firmen Steinway und Bösendorfer, in dem nach den Wünschen des Meisters ein Hybridflügel, ein sogenannter Steindorfer, entstehen soll. Dieser Flügel hier könnte schon der Prototyp sein."

Während sich Rumpler wieder zurückdrehte, biss Alma verzweifelt in ihr Taschentuch und täuschte einen Hustenanfall vor, um sich das Lachen zu verbeißen. Eben als die Musik einsetzte, hörte Rumpler mit seinen feinen Ohren noch ein ganz leises „Glaubst, hält uns der am Schmäh?" hinter sich.

Auf der Heimfahrt lachten sie wie zwei schlimme Kinder. Almas Abschiedskuss fühlte sich für Rumpler an wie ein Versprechen.

Am nächsten Tag bekam Rumpler einen Anruf von Sonja.

„Hallo, Herr Rumpler. Ich hab Max Felsinger durchleuchtet. Er ist kein Schlagender, sondern seine Narbe im Gesicht stammt von einem Autounfall, bei dem er seinen Vater verloren hat. Ich schäm mich fast ein bissl, dass ich ihn diesbezüglich falsch eingeschätzt hab. Aber ein arroganter Schnösel ist er trotzdem. Er war unerträglich in seiner scheinbaren Überlegenheit, als ich ihm von unserem Gesprächsvorschlag berichtet hab. Letztlich war er aber doch neugierig genug, um zuzusagen. Hätten Sie heute Abend Zeit? Um acht Uhr, Treffpunkt bei Herrn Moser?"

„Ja, das geht gut."

Rumpler war verblüfft, wie rasch sich die Sache entwickelte, als Sonja auch schon fortfuhr. „Und mit Edwards hab ich auch gesprochen, um ihn aufzuscheuchen, wie Sie gesagt haben. Er hat sich das durchaus interessiert, aber gleichzeitig auch sehr gelassen angehört, und um sich bei mir zu bedanken, hat er mich zu einem Abendessen eingeladen, das ich leider nicht gut ablehnen konnte."

„Hat dieses Essen schon stattgefunden?"

„Ja, noch am selben Abend. Wir waren bei einem ziemlich teuren Italiener."

„Ist Ihnen bei diesem Treffen mit Edwards irgendetwas auffällig vorgekommen?"

„Nicht wirklich. Er war mir gegenüber ausgesucht höflich. Die Kellner hat er so durcheinandergescheucht, dass es fast schon peinlich war. Dann hat er einen Anruf von seiner Mutter bekommen. Ich hab nur wenig davon mitgekriegt, weil er sofort aufgestanden und hinausgegangen ist, aber er hat sich angehört wie ein kleiner Bub mit seinem ‚Ja, Mutter ... selbstverständlich, Mutter'. Kaum war das Telefonat zu Ende hat er unsere Kellner mehr denn je gequält. Er hat einen sehr teuren Wein ausgesucht und schließlich behauptet, dass der Wein korkt. Der herbeigerufene Geschäftsführer war sehr um Edwards bemüht und hat die Flasche anstandslos zurückgenommen. Das Essen selbst war wirklich sehr gut, aber ich war alles andere als entspannt. Zu Ihren Nachforschungen hat Edwards noch erwähnt, dass er nicht die Absicht habe, irgendetwas gegen Sie zu unternehmen. Sie seien wahrscheinlich durch die Tragödie in Ihrer Familie auf einen Irrweg geraten und er werde sich bemühen, das anlässlich des zu erwartenden persönlichen Gesprächs wieder ins Lot zu bringen. Vor der Verabschiedung hat er mir noch gesagt, dass er mir niemals vergessen würde, was ich für die Firma getan hätte, weil jede Tat ihren Lohn verdient. Dabei hat er mich ganz komisch angeschaut und ich war froh, als ich wieder zu Hause war."

„Ich hab vor, mit Edwards bald direkt Kontakt aufzunehmen,

um seine unmittelbaren Reaktionen zu sehen. Vielen Dank, Sonja, dass Sie diese unangenehme Aufgabe erledigt haben."

„Ist schon in Ordnung. Wir sehen uns dann um acht Uhr bei Herrn Moser."

16.

Zu dem Treffen mit Moser brachte Rumpler eine Flasche Rotwein mit, einen schweren „Abendwein", wie er ihn für sich nannte, aus der Deutschkreutzer Gegend, die ja mit solchen Weinen großzügig gesegnet war.

Sonja war schon vor Rumpler gekommen, und kaum hatte er sich gesetzt, als es läutete und Max Felsinger eintraf. Er war etwas über mittelgroß, schlank, hatte graue Augen und einen Bürstenhaarschnitt und trug einen dunkelblauen Anzug. Rumpler kannte solche Typen von der Polizei her – nervenstark und belastbar mit einer Neigung zu unorthodoxen Lösungen. Felsinger war Rumpler von Anfang an sympathisch. Als er Sonja die Hand gab, funkelten ihn ihre Augen zornig an, während ein leichtes Grinsen über sein Gesicht zog. Nachdem Felsinger Moser vorgestellt worden war, ergriff dieser als Hausherr das Wort.

„Danke, dass Sie gekommen sind, Herr Felsinger. Wir haben Sie wegen einer sehr sensiblen Angelegenheit hergebeten, die sich nicht für eine offizielle Behandlung durch die Polizei eignet, aber trotzdem für Ihre Firma sehr heikel sein kann."

Felsinger lehnte sich vor. „Sie machen mich neugierig."

„Herr Rumpler ist ein ehemaliger Kollege von mir, er war mehr als zwanzig Jahre stellvertretender Leiter der Mordkommission."

Felsinger streifte Rumpler mit einem kurzen, interessierten Blick.

Moser fuhr fort. „Er ist der Onkel von Karl Rumpler, der in der Firma GVD vom Dach gestürzt ist. Sonja Förster habe ich schon vor Jahren durch meine Tochter, die mit ihr seit der Schulzeit befreundet ist, kennengelernt. Herr Rumpler hatte gewisse Zweifel am Motiv für den Selbstmord seines Neffen und hat informell einige Recherchen angestellt, um sich näher zu informieren. Dabei hat ihn Frau Förster unterstützt."

„Das ist aber nicht gerade der übliche Amtsweg", sagte Felsinger mit einem Seitenblick zu Sonja.

„Dann wird es Sie wohl kaum überraschen, dass ich hinsichtlich der angeblichen Goldunterschlagung von Karl Rumpler in den Unterlagen von GVD fündig geworden bin. So etwas Wichtiges gegenüber der Polizei zu verschweigen, ist wohl auch nicht der übliche Amtsweg."

Felsinger grinste. „Gut pariert, Sonja. Wir sind quitt."

„Für Sie immer noch Frau Förster."

„Geht in Ordnung, Frau Förster. Sie dürfen Max zu mir sagen."

Sonja schäumte vor Wut. Rumpler mischte sich ein, um mit seinem eigentlichen Anliegen weiterzukommen.

„Sonja war mit ihrer Recherche sehr hilfreich. Wir haben einen gewissen Verdacht, dass hinter dem angeblichen Selbstmord meines Neffen Karl Herr Edwards und Herr Schnirch, der im Tresor beschäftigt ist, stecken. Edwards könnte Karl die Unterschlagung untergeschoben haben, um in weiterer Folge in seiner Rolle als IT-Chef ein System zu entwickeln, das solche Manipulationen unterbinden soll."

Felsinger unterbrach ihn. „Das hieße, dass wir mit unserem Auftrag zur Entwicklung dieses Systems Edwards die Möglichkeit in die Hand gegeben haben, die Kontrollen im Goldtresor nach Belieben zu steuern."

„Ja, das trifft genau zu."

„Und die Polizei kann nichts tun, weil wir von GVD die Goldunterschlagung, die in Wirklichkeit wahrscheinlich gar nicht stattgefunden hat, um jeden Preis geheim halten wollen. Die Ergebnisse von Frau Förster", er betonte die beiden letzten Worte, „darf wiederum die Polizei nicht verwenden, weil sie nicht legal eingeholt wurden."

„Genau", sagte Moser, „eine richtige Pattsituation. Wir haben es in dieser Lage für das Vernünftigste gehalten, Sie inoffiziell von unserem Verdacht in Kenntnis zu setzen. Die Wahl ist auf Sie gefallen, weil Sie als Einziger im Direktorium von GVD dafür waren, die Polizei einzuschalten. Aber egal, wie Sie mit unserem

Verdacht weiter umgehen – es geht dabei nicht nur um ein Vermögensdelikt, sondern vielleicht auch um Mord. Sie sollten also in jedem Fall sehr vorsichtig vorgehen."

„Das stimmt natürlich", antwortete Felsinger, während er Sonja kurz mit einem besorgten Blick streifte.

Sie reagierte sofort. „Um mich brauchen Sie sich wirklich keine Sorgen zu machen."

Er grinste. „Manchmal find ich es schade, dass ich nicht Ihr Chef bin, Frau Förster."

„Wenn Sie mein Chef wären, hätt ich schon längst gekündigt."

„Interessant. Ich hab mich in letzter Zeit auch mit dem Gedanken getragen, die Firma zu verlassen. Vielleicht sollten wir uns zusammentun und ein Start-up gründen?"

Sonja kochte vor Wut, während Rumpler sich auf die Lippe biss, um ein Lächeln zu unterdrücken. „Ich habe zu diesem Gespräch nichts mehr beizutragen", sagte Sonja und verließ die Wohnung.

„Wow. Wenn sie wütend ist, sieht sie ja noch besser aus als sonst", meinte Felsinger.

„Sie gefällt Ihnen", stellte Rumpler fest.

„Sehr sogar. Aber sie fährt mir bei jeder Gelegenheit mit dem Besen ins Gesicht, da konnte ich nicht widerstehen und musste sie einfach provozieren. Ich hoff nur, ich hab es nicht übertrieben."

Rumpler lächelte. „Das passt schon. Sie weiß es nur noch nicht."

Felsinger wandte sich an Moser und gab ihm seine Karte. „Herr Moser, auch wenn die Polizei offiziell nichts machen kann, bitte ich Sie, wenn es irgendwie möglich ist, auf Sonja ein Auge zu haben. Wenn Sie glauben, dass ich Ihnen von der Firma aus irgendeine Unterstützung geben kann, oder Sie eine Information brauchen, rufen Sie mich bitte an. Zu jeder Tages- und Nachtzeit."

Moser sagte seine Wachsamkeit in Bezug auf Sonja zu und Felsinger verabschiedete sich.

Als er mit Rumpler allein war, stellte Moser fest: „Den hat es aber ordentlich erwischt."

„Ja", stimmte Rumpler zu, „er ist wirklich schwer verliebt und ich bin sicher, Sonja passt ausgezeichnet zu ihm. Aber bis es so weit ist, werden wohl noch öfter die Fetzen fliegen müssen."

Moser lachte. „Die beiden sind so herrlich jung."

„Ja, das sind sie wirklich", sagte Rumpler und lächelte, während er an sich und Alma dachte.

17.

Als Rumpler wieder zu Hause angekommen und von Rosamunde aufs Freundlichste begrüßt worden war, sah er, dass er eine Nachricht von Alma auf seinem Anrufbeantworter hatte. Es war seltsam für ihn, ihre schöne Stimme in Verbindung mit den leichten Störgeräuschen aus dem Gerät zu hören.

„Hallo Hans, hättest du vielleicht morgen Nachmittag so um fünfzehn Uhr Zeit und Lust, mich zu besuchen? Schönen Abend."

Rumpler hatte beides – Lust sogar mehr, als er es für möglich gehalten hätte. Er rief sie auf der Stelle an. „Hallo Alma, hier ist Hans. Ich freu mich und komm sehr gerne."

„Schön, dich zu hören, Hans. Ich wünsch dir schöne Träume. Bis morgen."

Am nächsten Vormittag kam ein Anruf von Moser. „Hallo Hans. Du wirst es nicht glauben, aber ich hab den zuständigen Richter so lange bearbeitet, bis er mir die Abhörgenehmigung für Edwards und Schnirch gegeben hat."

„Das gibt's ja gar nicht. Wie hast du denn das geschafft?"

„Ich hab auf ihn eingeredet wie auf ein krankes Ross. Ich glaub, er hat gespürt, dass er mich nicht so einfach loswird, und außerdem dürft er auf dich große Stücke halten. Er hat sich jedenfalls an einige deiner wichtigsten Fälle erinnert, hat zwar geknurrt und gebrummt, aber dann hat er mir die Genehmigung doch unterschrieben."

„Das ist ja großartig. Ist sie bereits aktiv?"

„Ja, seit heute neun Uhr."

„Das ist gut. Ich will nämlich in den nächsten Tagen Edwards einen Besuch abstatten. Vielleicht kriegen wir ja eine interessante Reaktion."

„Es bleibt jedenfalls spannend. Schönen Tag, Hans."
„Dir auch, Stinker."

Wie ein Schiff, das allzu lange auf hoher See war, zog es Rumpler am Nachmittag zur „Insel". Er träumte sich hinein in diesen Zustand des Ankommens, in das erste Auftauchen von Seevögeln, in das Sichten der Palmenwipfel, in das Knirschen des Sandes unter dem Schiffsbug. Während er die Annäherung an die Insel ganz bewusst und mit allen Sinnen genoss, war er sich zugleich auch seiner Verletzlichkeit voll bewusst – ein älterer Herr, schon deutlich über sechzig, etwas korpulent, Altersflecken auf der Haut, zugleich aber im Inneren unglaublich jung und erwartungsvoll.

Als Alma ihm öffnete, nahm er sie in die Arme, errichtete einen geschützten Bereich um sie herum und freute sich, angekommen zu sein. Sie hielt ganz still, lange Zeit, dann nahm sie ihn an der Hand und wie ein Kind das andere führte sie ihn in den Wintergarten, wo sie auf einem Beistelltisch neben der Garnitur aus Rattangeflecht etwas zu trinken und einige Ingwerkekse gerichtet hatte. Rumplers Blick streifte flüchtig den dicken Teppich auf Almas Lieblingsplatz und sie lächelte unmerklich.

„Nimm bitte Platz, Hans, greif zu und gedulde dich ein wenig." Sie ging durch einen offenen Torbogen und war außer Sicht.

Als sie wiederkam, trug sie eine Art Kimono aus schwerer nachtblauer Seide. Rumpler war aufgestanden. Sie trat vor ihn, ihr Blick traf auf seinen, die Zeit stand still. Er spürte, wie sie ihm mit diesem Blick alles anvertraute, ihre Unsicherheit, ihre Verletzungen, ihre Sehnsucht und ihre Schönheit. Als Antwort auf dieses Geschenk nahm er ihren Kopf behutsam in seine Hände und sah sie unter Tränen lächeln, während sie ihre Gürtelschleife löste. Der nachtblaue Umhang fiel zu Boden mit der Leichtigkeit und Eleganz, mit der echte Seide fällt. Rumplers Herz schlug wie eine Trommel und Alma küsste ihn, ganz langsam. Sie begannen, einander zu erkunden, sorgfältig, respektvoll, erwartungsvoll, so wie man ein Land bereiste, von dem man schon lange geträumt hatte und das plötzlich vor einem lag.

„Ich war schon ganz krank vor Sehnsucht nach dir“, sagte Rumpler.

„Zum Glück bin ich Ärztin. Ist es schlimm?“

„Sehr.“

„Ich glaub, da ist eine gründliche Untersuchung nötig.“

„Ganz sicher.“

Als die Zeit wieder die Zeit geworden war, stand sie auf. „Ich geh jetzt duschen. Vielleicht kommst du ja auch?“

„Bald“, sagte Rumpler, der es genoss, ihr nachzusehen.

Er war völlig glücklich und entspannt, so entspannt, dass ihm plötzlich unversehens ein Wind entfuhr. Rumpler meinte, vor Scham zu vergehen.

Als er schließlich schon hoffte, Alma habe nichts gehört, kam aus dem Torbogen ihre Stimme. „Ha! Ein kleiner Rumpler.“

Und nackt, wie sie war, lief sie auf ihn zu und sie lachten, lachten, bis ihnen die Tränen herunterrannen und er sie ihr wegküssen konnte. Sie legte ihren Kopf auf seinen Bauch und horchte in ihn hinein, während er behutsam die Konturen ihrer Stirn und der Augenbrauenbogen nachfuhr, immer wieder, ganz leicht. Ihr Atem wurde ruhiger und ruhiger, und als sie schlief, hielt Rumpler wieder ihren Kopf behutsam in seinen großen Händen wie in einer Schale, bis auch er in den Schlaf hinüberglitt.

18.

Am nächsten Morgen, es war ein Mittwoch, rief Rumpler bei GVD an, um mit Edwards zu sprechen. Kaum hatte die Sekretärin seinen Namen gehört, als sie auch schon die Verbindung herstellte. Edwards war sehr freundlich und verständnisvoll, wies darauf hin, dass er nach seiner Information durch Sonja Förster mit Rumplers Kontaktaufnahme gerechnet habe, und sie vereinbarten für den folgenden Montag um sechzehn Uhr ein Treffen in der Firma.

Mit der Fixierung dieses Termins hatte sich für Rumpler etwas verändert. Während er bisher mit Indizien und Plausibilitäten gearbeitet hatte und Edwards nur beim Begräbnis von Karl aus der Entfernung beobachtet hatte, würde er jetzt mit ihm in unmittelbaren Kontakt treten und darauf bereitete er sich sorgfältig vor. Rumpler war in seinen Zwanziger- und frühen Dreißigerjahren beim Polizeisportverein im Bereich Boxen, Mittelgewicht, ziemlich erfolgreich gewesen, noch dazu ohne den sonst fast schon obligaten Nasenbeinbruch, und das verdankte er großteils seinem damaligen Trainer, einem gebürtigen Spanier, den alle nur Pepe genannt hatten. Pepe war ein unerwarteter Glücksfall für Rumpler gewesen, völlig anders als die üblichen Boxtrainer und mit teilweise sehr unkonventionellen Trainingsmethoden. Was Pepe ihm beigebracht hatte, war eine extrem präzise Vorbereitung auf den jeweiligen Gegner, ein genaues Studium seiner Technik, seiner Stärken und Schwächen und seines Verhaltens in unterschiedlichen Situationen. Kaum war diese ziemlich aufwendige und anspruchsvolle Arbeit geleistet, kam die zweite Stufe von Pepes Programm, nicht minder schwierig, und zwar das sogenannte Ausleeren. So paradox es schien, alles jüngst Gelernte wieder vollständig zu vergessen, so erfolgreich war diese Methode bei Rumpler. Das Ausleeren bedeutete den Wechsel von der sorgfältigen Analyse und der Vorbereitung zum Hier und Jetzt, in die völlige Offenheit für alles, was geschehen würde.

An diese Methode der Analyse und des darauffolgenden Ausleerens hielt sich Rumpler auch jetzt an dem Wochenende vor dem Gespräch mit Edwards. Er ging zunächst sein Moleskinebuch sehr genau durch, schrieb und zeichnete einige Ergänzungen und besprach sich gelegentlich mit Rosamunde. Wenn er einschlief, dachte er an Edwards, wenn er morgens wieder aufwachte, dachte er an Edwards, er dachte immer an Edwards.

Am Sonntagvormittag vor dem Termin beschloss Rumpler, dass es Zeit für Teil zwei seiner Vorbereitung sei. Er machte einen langen Spaziergang durch den wegen der vorherrschenden Kälte beinahe menschenleeren Volksgarten, freute sich über die juteverhüllten Rosenstöcke, las auch die eine oder andere der zahlreichen Widmungen, die auf kleinen Tafeln unter den Rosenstöcken angebracht waren, und wenn in ihm gelegentlich ein Gedanke an Edwards aufstieg, ließ er ihn ziehen, wie man kleine Wölkchen am Himmel ziehen ließ, schon deshalb, weil sie sich ohnedies nicht halten ließen. Rumpler konzentrierte sich auf seinen Atem. Er wusste, der Atem war entscheidend für Erfolg oder Misserfolg eines Kampfes, und den Termin mit Edwards empfand er als Kampf, ohne vordergründige Gewalt, aber doch mit einem sehr schwerwiegenden Verdacht und damit auch mit allen Abgründen und Drohungen, die einen ins Wanken bringen konnten. Rumpler dachte an Karl und ließ den Gedanken an ihn wieder ziehen, durch sich hindurch, er atmete den Gedanken aus, er dachte an Sabine und ließ auch diesen Gedanken mit dem Ausatmen ziehen, er dachte an Pepe, den bereits vor Jahrzehnten verstorbenen Pepe, und lächelte. Pepe lächelte zurück.

Am Montag Punkt fünfzehn Uhr kleidete sich Rumpler sorgfältig an. Zu seinem mittelgrauen Anzug, den er noch an den Schultern ausbürsten musste, so lange hatte er ihn nicht mehr getragen, wählte er eine weinrote Krawatte, die er in seiner Aktivzeit oft getragen hatte, um sich mit seiner Vergangenheit und wohl auch seinen damaligen Erfolgen zu verbinden, und als er sich von Rosamunde verabschiedete und vor dem Verlassen der Wohnung einen Blick in den Spiegel warf, hatte er plötzlich den Eindruck, die Zeit sei um einige Jahre zurückgedreht worden. Rumpler atmete durch und ging.

Im Empfangsbereich von GVD, der mit viel Glas und Edelstahl eine solide, wenn auch erkennbar absichtsvolle Eleganz verbreitete, wurde er bereits von einer schmallippigen jungen Frau erwartet, die sich als Assistentin von Edwards vorstellte, eine geradezu erschreckende Tüchtigkeit ausstrahlte und ihn unverzüglich in den dritten Stock eskortierte. Als sie schließlich an einer Tür anklopfte, wartete sie das „Herein" wirklich ab, was Rumpler überraschte.

Der Raum war größer und auch höher, als es Rumpler bei so einem relativ neuen Gebäude erwartet hatte, und er war sehr gediegen eingerichtet.

Unwillkürlich fiel Rumplers Blick zunächst auf eine abstrakte, fast etwas protzige, kubistisch anmutende Bronzeskulptur, die auf einem hölzernen Sockel frei im Zimmer stand und augenscheinlich die Aufgabe hatte, Besucher zu beeindrucken. Am unteren Rand der Bronze konnte Rumpler ein kleines Zeichen erkennen, eine Art Kelch, der links und rechts von den Buchstaben K und S flankiert wurde, wahrscheinlich eine Signatur des Künstlers oder eine Gießereimarke.

Edwards, der Rumplers Blick gefolgt war, kam ihm entgegen, begrüßte ihn mit einem festen Händedruck, blickte ihm währenddessen freundlich, wenn auch etwas nachdenklich in die Augen und bat ihn, sich doch zu setzen. Er freue sich, dass die Skulptur, ein Einzelstück, das er nach seinen eigenen Vorstellungen habe anfertigen lassen, Rumpler gefalle. Was sie nicht tat – aber sie hatte Rumpler beeindruckt und das bestätigte er Edwards gegenüber auch. Den von der Sekretärin angebotenen Kaffee lehnten beide Herren dankend ab.

„Herr Rumpler, ich möchte Ihnen mein Beileid für den Tod

Ihres Neffen Karl aussprechen. Es tut uns hier in der Firma sehr leid, dass er keinen anderen Ausweg mehr aus seinen gesundheitlichen Problemen sah."

Rumpler räusperte sich. „Danke. Karls Tod hat mich vor allem deshalb sehr getroffen, weil ich ihn schon seit seiner Kindheit sehr gut kannte. Der Selbstmord passt einfach nicht zu ihm, wenn Sie verstehen, was ich meine."

„Deshalb sind Sie wohl auch hier. Eine Mitarbeiterin, Sonja Förster, hat mir gegenüber eine Andeutung gemacht, dass Sie sich vielleicht an mich wenden würden. Herr Rumpler, was kann ich für Sie tun?"

„Ich kann Karls Schritt einfach nicht verstehen und würde gerne Näheres in diesem Zusammenhang erfahren. Nachdem Karl durch seine Beschäftigung im Goldtresor sowohl mit Sicherheitsfragen als auch mit IT-relevanten Themen befasst war, wollte ich Sie als für beide Bereiche zuständigen Vorgesetzten ersuchen, mir weitere Informationen im Zusammenhang mit Karls Tod zu geben."

„Sie meinen, über das hinausgehend, was ich der Polizei schon gesagt habe?"

„Ja, genau."

„Herr Rumpler, Sie waren zu Ihrer Zeit eine durchaus bekannte Persönlichkeit im Bereich der Kriminalpolizei. Ich gehe daher davon aus, dass Sie sich bereits mit Ihren Exkollegen in dieser Angelegenheit in Verbindung gesetzt haben."

„Das habe ich tatsächlich, aber für meine Kollegen ist der Fall abgeschlossen. Sie kannten Karl nicht so, wie ich ihn kannte, und können daher nicht verstehen, warum ich ihm so einen Schritt einfach nicht zutraue."

„Dann haben Sie sicher auch das entsprechende Protokoll bekommen – informell natürlich. Darüber hinaus kann ich Ihnen leider auch nicht weiterhelfen. Ich verstehe schon, dass die Sache Ihnen sehr nahegeht, weil Sie persönlich involviert sind. Aus Ihrer beruflichen Praxis wissen Sie aber sicher auch, dass gerade diese persönliche Komponente eine klare Sicht auf einen Fall –

bitte entschuldigen Sie meine Wortwahl, Fall klingt so unpersönlich – verhindern kann."

„Sie haben natürlich recht. Trotzdem kann ich die Angelegenheit nicht einfach zur Kenntnis nehmen. Ich muss noch weitere Erkundigungen einziehen."

„Herr Rumpler, bitte fassen Sie es nicht als Respektlosigkeit auf, wenn ich als Jüngerer Ihnen einen guten Rat geben möchte. Es gibt Dinge, die man besser ruhen lässt. Nachforschungen können durchaus erfolgreich sein, aber manchmal sind die gewonnenen Erkenntnisse so schmerzhaft für uns, dass es besser gewesen wäre, nie nachgeforscht zu haben. Wenn ich Ihnen raten darf, lassen Sie die Finger von der Sache."

„Ich kann mir sehr gut vorstellen, dass Ihre Firma kein Interesse an derartigen Nachforschungen hat, weil es dadurch leicht zu Irritationen bei Kunden kommen könnte."

„Da haben Sie völlig recht, aber trotzdem missverstehen Sie mich. Das Management von GVD hat die Polizei bei ihren Recherchen bestmöglich unterstützt und ich konnte mich persönlich von der Sorgfalt Ihrer ehemaligen Kollegen überzeugen. Private Recherchen, die darüber hinausgehen, würde ich als geschäftsstörend empfinden und daher bekämpfen. Als Sicherheitschef von GVD habe ich natürlich laufend sehr viel mit der Polizei zu tun und Sie dürfen mir glauben, Herr Rumpler, dass ich dort ausgezeichnet vernetzt bin. Daher bitte ich Sie nochmals: Schlagen Sie sich die Idee weiterer Nachforschungen aus dem Kopf."

„Ich fürchte, das kann ich nicht. Stellen Sie sich vor, einem Menschen, der Ihnen sehr nahesteht, nehmen wir an, Ihrer Mutter, stößt etwas ganz Schlimmes zu, das für Sie nicht erklärlich ist. Würden Sie das einfach so hinnehmen?"

Bei der Erwähnung seiner Mutter hatten sich die Augen von Edwards minimal verengt, doch er hatte sich sofort wieder in der Gewalt. „Herr Rumpler, vom Alter her könnten Sie mein Vater sein, ein Vater, wie ich ihn mir vielleicht immer gewünscht habe. Glauben Sie mir, ich schätze Ihre Charakterfestigkeit und Ihre Beharrlichkeit sehr. Aber ich bin natürlich trotzdem meiner

Firma verpflichtet und werde daher nichts dulden, was unter Umgehung des ordentlichen Rechtswegs diese Firma und ihre Interessen gefährdet."

„Herr Edwards, ich fürchte, ich werde trotzdem mit einigen Ihrer Kolleginnen und Kollegen Gespräche führen müssen, um mehr über die Sache herauszufinden."

„Wir sind jetzt wohl an einem toten Punkt angelangt. Ich verstehe Ihre Gefühlslage sehr gut, aber ich kann Ihr Verhalten nicht akzeptieren. Es gibt Türen, die besser geschlossen bleiben, aber ich kann Sie nicht daran hindern, sie zu öffnen."

„Wie meinen Sie das?"

„Herr Rumpler, das Schöne und gleichzeitig Schreckliche an der Freiheit des Menschen ist doch die simple Tatsache, dass man tun kann, was man will. Man muss nur bereit sein, die Konsequenzen zu tragen. Das gilt für jeden Menschen, also auch für Sie. Ich möchte unser Gespräch jetzt beenden." Edwards drückte auf einen Summer auf seinem Schreibtisch und sofort erschien die Sekretärin. „Herr Rumpler möchte gehen. Bitte begleiten Sie ihn nach unten."

Rumpler verabschiedete sich und nahm die Drohung von Edwards mit sich, eine Drohung, die so allgemein gehalten war, dass er sie fast hätte ignorieren können, wäre sie nicht ausgerechnet von Edwards mit seiner strukturierten Planung und Präzision und seiner ganz außergewöhnlichen Intelligenz ausgegangen. Noch im Gehen dachte Rumpler, dass seine mehrmals angekündigten weiteren Recherchen Edwards wohl deshalb so irritiert hatten, weil sie dessen Motiv, die Kontrolle über die Goldbestände zu gewinnen, offenlegen könnten. Dazu kam die Erwähnung seiner Mutter, die Edwards nach außen hin kaum sichtbar, aber doch zweifelsfrei kurz aus dem Konzept gebracht hatte.

19.

Zu Hause ergänzte Rumpler seine Moleskineeintragungen um den Besuch bei Edwards, unterstrich zweimal das Wort Mutter und ertappte sich dabei, dass er in einer kurzen Nachdenkpause eine kleine Zeichnung anfertigte, die Ähnlichkeit mit einem Pokal aufwies. Um die Buchstabenkombination nicht zu vergessen, die er auf der Skulptur in Edwards' Büro gesehen hatte, umrahmte er sie noch mit den Buchstaben K und S, ohne sich im Klaren zu sein, ob sie für ihn von Relevanz sein könnten. Nach Abschluss seiner Eintragungen war er aber doch neugierig genug, um sich im Internet Kunstgießereien im Bereich Wien und Umgebung herauszusuchen. Es waren nur ganz wenige. Zwei von ihnen hatten eine geradezu perfekt ausgestaltete Homepage, eine weitere eine eher dürftige und ein Betrieb, die Gießerei Karl Sevkovics im zweiten Wiener Gemeindebezirk, hatte überhaupt keine – die Firma war nur mit Adresse und Öffnungszeiten, aber sonst ohne jeden näheren Hinweis angeführt. Treffer.

Es überraschte Rumpler, dass Edwards, der in seiner sonstigen Lebensführung sehr auf ein perfektes Äußeres bedacht war, bei der Auswahl der Gießerei anscheinend von diesem Prinzip abgegangen war. Um sich ein klareres Bild zu verschaffen, beschloss Rumpler, am nächsten Vormittag der Gießerei einen Besuch abzustatten.

Am Dienstagmorgen, nach seinem gewohnten Frühstück im Café Sperl, fuhr Rumpler in den zweiten Bezirk. Auf den ersten Blick hätte er die Gießerei beinahe übersehen, so unauffällig war das Türschild, von dem die ausgebleichte Farbe bereits großflächig abblätterte. Die Gießerei erweckte den Eindruck, schon seit längerer Zeit geschlossen zu sein. Als er aber die Klinke drückte, ging die Tür zu seiner Überraschung auf, er stolperte einige Stufen hinunter und ihm war, als hätte er mithilfe einer

Zeitmaschine eine andere, längst vergangene Welt betreten. Die Gießerei war augenscheinlich ein Ein-Mann-Betrieb, ein Ein-alter-Mann-Betrieb, wie Rumpler dachte, als er den sicher schon weit über siebzig Jahre alten Kunstgießer sah. Der Alte quittierte Rumplers Gruß mit einem knurrenden Geräusch. Rumpler gab zu erkennen, dass er an einer bestimmten Skulptur interessiert sei, die in der Gießerei für Herrn Alexander Edwards angefertigt worden wäre.

„Ich kenn keinen Edwards", erwiderte der Alte.

„Edwards, Alexander Edwards", insistierte Rumpler. Er habe die Skulptur mit dem Gießereizeichen in dessen Büro gesehen und wüsste gerne, ob es möglich wäre, einen Abguss davon zu bekommen.

„Das muss ein Irrtum sein", erwiderte der Alte kategorisch, ohne seine Tätigkeiten auch nur im Mindesten zu unterbrechen.

Das täte ihm leid, meinte Rumpler, und ob es nicht doch irgendwie möglich wäre? Vielleicht hätte Edwards ja die Skulptur in seinem Büro von einem Auftraggeber von Sevkovics gekauft und mithilfe der Gussform könnte ein Abguss gemacht werden?

„Nein", stellte der Alte nochmals fest.

„Alle meine Güsse sind Einzelstücke. Ich arbeite nur mit der verlorenen Form. Abgüsse von den Skulpturen mach ich nicht."

Rumpler, der sich im Internet diesbezüglich schon schlau gemacht hatte, wusste, dass bei diesem Verfahren die Gussform zerstört werden musste, um die Skulptur freizulegen.

Wie teuer denn so ein Guss in etwa käme?

Da müsse er bei einer mittelgroßen Skulptur gut und gern mit etwa acht- bis zehntausend Euro rechnen.

Das gehe allerdings leider über seine Verhältnisse, meinte Rumpler.

„Meine Kunden kann ich mir nicht aussuchen", erwiderte der Alte. „Aber ich gehe jetzt in Pension. Ich hab nur noch einen großen Auftrag zu erledigen." Während er das sagte, warf Sevkovics einen kurzen Blick auf eine schwarze Mappe, die auf einem kleinen Beistelltisch dicht neben der Eingangstür lag.

„Wie schaffen Sie eigentlich ganz allein so große Güsse? Das Material ist doch sehr schwer und für das Gießen selbst bleibt ja wahrscheinlich nur wenig Zeit."

„Kleine Sachen kann ich allein machen." Sevkovics wies auf einige nur wenige Zentimeter große Tierfiguren aus Bronze. „Für große Bronzen hab ich einen Helfer. Er ist zwar nicht ganz richtig im Kopf, aber stark und verlässlich. Der kommt immer, wenn ich ihn brauch, und verdient sich so was dazu."

Auf Rumplers Frage, ob er für seinen letzten Auftrag auch seinen Helfer brauchen werde und was das für ein Auftrag sei, entgegnete Sevkovics, dass ihn das nun wirklich nichts angehe, er habe zu arbeiten und Rumpler solle wiederkommen, wenn er eine Bestellung habe. Noch während er das sagte, schob Sevkovics den gut einen Kopf größeren Rumpler einfach zur Tür hinaus.

Rumpler lächelte, ein wenig traurig wegen der untergehenden Welt, in die er soeben Einblick bekommen hatte. Für den borstigen Alten gab es sicher keinen Nachfolger. Interessant war, dass Edwards Sevkovics unter einem anderen Namen mit dem Guss beauftragt hatte.

Als Rumpler auf der Straße stand, durch den lauten Autoverkehr schlagartig ernüchtert, dachte er wieder an sein Gespräch mit Edwards und dessen sehr allgemein gehaltene, kaum greifbare Drohung. Er erwartete einen Schlag, der eines Gegners wie Edwards würdig war.

Der Schlag kam und er traf Rumpler wesentlich präziser und heftiger, als er das trotz aller Vorbereitung für möglich gehalten hätte. Als Rumpler von seinem Gießereibesuch am späteren Vormittag wieder nach Hause kam, fand er seine Wohnungstür nur angelehnt vor. Er hatte Besuch gehabt. Rumpler ging ins Wohnzimmer und sah, dass sein Moleskinetagebuch mit den Aufzeichnungen über Edwards, das er am Schreibtisch liegen gelassen hatte, fehlte. Das war unangenehm, aber nicht wirklich schlimm. Die nächste Erkenntnis traf Rumpler wie ein Schlag in die Magengrube. Rosamunde war weg.

Rumpler hätte nie für möglich gehalten, wie verletzlich er immer noch war. Nach dem Tod seiner Frau hatte er sich eingeredet, Narr, der er war, er hätte bereits genug durchlitten und wäre von einer Art Drachenhaut umgeben wie Siegfried oder Achilles, aber bei diesen Sagenhelden gab es doch immer einen Punkt, an dem sie tödlich verwundbar waren. Diesen Punkt hatte Rosamundes Verschwinden jetzt bei ihm getroffen.

Rumpler ging durch die Wohnung, er rief und lockte seine Katze, ging durchs Stiegenhaus, um bei den Nachbarn zu läuten, die aber alle nichts gehört oder gesehen hatten, suchte auch im Keller und am Dachboden, ging zuletzt auf die Straße hinaus, blickte in Hauseingänge und Kellerfenster nahe gelegener Häuser. Es half alles nichts. Rosamunde blieb verschwunden.

Es war am frühen Nachmittag gegen vierzehn Uhr, als Rumpler wieder in seiner Wohnung war, die ihm nun entsetzlich leer, fast tot vorkam. Er setzte sich an seinen Schreibtisch und rief Moser an.

„Moser hier."

Rumpler war zu deprimiert, um Moser mit Stinker anzusprechen. „Hallo. Ich hab heute Besuch gehabt. Mein Tagebuch mit meinen Aufzeichnungen über den Fall ist weg und meine Katze auch. Sonst fehlt nichts."

„Verdammte Scheiße", sagte Moser, der Rumpler gut genug kannte, um zu wissen, wenn ihm etwas wirklich naheging. „Was machen wir jetzt?"

„Ich mach zunächst einmal gar nichts. Eine Involvierung der Polizei wegen des verschwundenen Tagebuchs und meiner Katze scheint mir nicht sinnvoll. Ich glaub auch, dass das noch nicht alles war. Da kommt sicher noch was nach und das möcht ich auf jeden Fall abwarten."

„Das Aufscheuchen von Edwards war jedenfalls erfolgreich; allerdings nicht so, dass wir ihn irgendwo zu fassen bekommen."

„Das seh ich auch so. Vielleicht bringt ja das Abhören ein brauchbares Ergebnis. Was mir aber Kopfzerbrechen macht, ist die Tatsache, dass Edwards sehr genau über meine Lebensumstände informiert gewesen sein muss. Er hat nicht nur gewusst, wo meine Wohnung liegt, sondern muss auch über den Rhythmus meiner Kaffeehausbesuche informiert gewesen sein. Das spricht dafür, dass er nicht erst seit Sonjas Information, dass ich weitere Recherchen anstellen will, an der Sache dran ist, sondern schon seit einem wesentlich früheren Zeitpunkt. Damit weiß er aber auch, dass Sonja schon früher sehr stark involviert war und ihn erst wesentlich später informiert hat. Wenn er das Gekrakel in meinem Moleskinebuch richtig deutet, und das trau ich ihm bei seiner Intelligenz ohne Weiteres zu, dann bestätigt ihm das die Aktivitäten von Sonja noch zusätzlich. Edwards hat also jeden Grund, ihr etwas anzutun. Ich glaube, sie sollte einen möglichst unauffälligen Polizeischutz bekommen, der allerdings in der Firma selbst nicht aufrechterhalten werden kann."

„Ich werd tun, was ich kann. Mein Problem ist nur, ich beweg mich immer weiter in Richtung polizeilicher Aktivitäten wie Abhören und Überwachen, und das in einem Fall, der für uns offiziell abgeschlossen und daher überhaupt kein Thema ist. Du weißt eh, ich hab nicht nur Freunde bei der Polizei."

„Das ist mir noch sehr gut in Erinnerung. Halt mich auf dem Laufenden, Stinker."

„Mach ich. Tut mir leid wegen deiner Katze."

Rumpler hielt es in seiner katzenlosen Wohnung nicht lange aus und machte daher am späten Nachmittag einen planlosen Spaziergang. Als er heimkam, war es stockdunkel und er musste sich eingestehen, dass er den Moment des Aufsperrens seiner Wohnung – er hatte sich als Provisorium einen Ersatzzylinder in das Schloss der Eingangstür geschraubt – fürchtete, weil er wusste, dass niemand auf ihn wartete. Er überlegte kurz, Alma anzurufen, wollte sie aber nicht mit seinen Sorgen, vor allem denen um Sonja, belasten, die sie mit ihrer Hellsichtigkeit sofort herausgefunden hätte.

Weil Rumpler den Verlust seines Moleskinebuches wider besseres Wissen noch nicht als dauerhaft akzeptierte, legte er kein neues Buch an, sondern holte aus seiner Schreibtischlade ein Heft, liniert, im sogenannten Mittelquartformat, und begann, seine alten Eintragungen, so gut es ging, zu rekonstruieren. Bei den allerletzten Entwicklungen zögerte er noch mit dem Schreiben, weil er sich nicht ganz im Klaren war, was wirklich vor sich ging. Vordergründig betrachtet war die Sache geradezu lächerlich einfach. Er hatte den unter mehrfachem und durchaus schwerem Verdacht stehenden Edwards aufgescheucht, dieser hatte ihn vorher noch gewarnt und dann schließlich persönlich getroffen, indem er sein Tagebuch und seine Katze hatte verschwinden lassen. Das Seltsame war nur, dass Edwards von beidem, dem Moleskinebuch und auch Rosamunde, vor dem Einbruch nichts hatte wissen können, es sei denn, er hätte Rumpler beim Einkaufen von Katzenstreu oder Ähnlichem beobachtet. Warum hatten er oder Schnirch dann aber Rumplers Wohnung einen Besuch abgestattet? Vielleicht nur, um ihn gründlich zu verunsichern und Gelegenheiten zu nutzen, die ihm der Zufall bot. Das passte aber überhaupt nicht zu Edwards, der normalerweise mit präziser Planung vorging und nichts dem Zufall überließ.

Plötzlich wurde Rumpler siedend heiß. Er hatte Rosamundes Verschwinden gedanklich immer mit einer Absicht von Edwards verknüpft, weil ihn das so heftig getroffen hatte und genau so etwas Edwards zuzutrauen war. Wenn aber Edwards von Rosamunde nichts gewusst hatte, bevor er in die Wohnung eindrang, dann konnte es auch gut sein, dass sie während des Durchsuchens der Zimmer durch die angelehnte Wohnungstür das Weite gesucht hatte.

Es war gegen dreiundzwanzig Uhr, als sich Rumpler von dieser, wie er wohl wusste, etwas unsinnigen Hoffnung getrieben eine Jacke anzog, eine starke Taschenlampe nahm und sich trotz seiner früheren vergeblichen Suche zunächst nochmals auf den Dachboden begab. Es war, wie in vielen Altbauten üblich, ein hoher Trockenboden. Auf einem mit Reißnägeln fixierten Zettel war penibel festgehalten, wann die jeweiligen Wohnparteien ihr Recht zum Trocknen ihrer Wäsche ausüben durften. Rumpler trat nur auf Zehenspitzen auf, um die unter dem Trockenboden wohnende Jungfamilie mit ihrem quengeligen Baby nicht zu stören, leuchtete in die staubigen Ecken des Dachbodens, aber er fand nicht die geringste Spur einer Katze. Dann stieg er in den Keller hinab, der ohne die kalte Neonbeleuchtung ein etwas unheimlicher Ort gewesen wäre. Aus seiner Aktivzeit wusste Rumpler, dass man aus dem Zustand eines Kellers ziemlich verlässliche Rückschlüsse auf die jeweiligen Eigentumsverhältnisse ziehen konnte. Er hatte seinerzeit mit seinem Team unzählige Keller durchsucht und die Keller, die völlig aufgeräumt, beinahe steril waren, deuteten oft auf einen Neuerwerb des Hauses hin, wobei in derartigen Fällen das Abstellen von Gegenständen grundsätzlich unerwünscht und daher verboten war. Im Keller in Rumplers Haus war das anders. Es gab nebeneinander einzelne Kellerabteile, die durch Vorhängeschlösser von unterschiedlicher Größe gesichert waren, aber auch einen ziemlich breiten Gangbereich, der von den Hausparteien für das Abstellen von Gegenständen wie Skiboxen oder Autoreifenstapeln, aber auch alten Möbeln genutzt wurde, was von der Hausverwaltung stillschweigend geduldet wurde. Im Haus und auch im Keller war es um diese Zeit totenstill, bis auf eine Art summendes Geräusch, das hinter der blechernen Tür eines Technikschrankes zu hören war und vielleicht von einem Transformator stammte.

Rumpler blieb kurz stehen und hielt den Atem an. Das Geräusch war nicht völlig regelmäßig, sondern schwoll gelegentlich leicht an und dann wieder ab. In dem Moment, als ihn der Gedanke durchzuckte, dass es sich hier möglicherweise um ein weiteres Geräusch, nämlich vielleicht das Schnurren einer Katze handelte, war ihm klar, dass ihm seine unsinnige Hoffnung, Rosamunde zu finden, einen Streich gespielt hatte.

Er leuchtete mit seiner Taschenlampe in die trotz der Kellerbeleuchtung dunklen Winkel und in einem schmalen Spalt hinter einem Reifenstapel führte das Licht der Taschenlampe für einen Sekundenbruchteil zu einem Reflex, einer Spiegelung, die von einem verchromten Metallteil, aber auch vom Auge einer Katze herrühren konnte.

„Maus“, sagte Rumpler mit vor Aufregung rauer Stimme. „Maus, bist du das?“ Immer wenn es Rosamunde nicht gut gegangen war, schon bei ihrem ersten Treffen, als er sie in Kärnten halb tot aufgelesen hatte und sie für ihn noch eine namenlose Katze gewesen war, hatte er Maus zu ihr gesagt.

Rumpler musste sich auf den Boden legen, um genauer zu sehen, und da war sie tatsächlich, seine Rosamunde, ganz hinten, in einer nur für Katzen zugänglichen Ecke.

„Da bist du ja, Maus. Komm nach Hause.“

Rosamunde kam durchaus nicht sofort, sondern ließ Rumpler noch ein wenig warten, wohl um sich auch hier im Keller ihre Würde zu bewahren, dann erst erhob sie sich, streckte sich sorgfältig und kam ihm langsam entgegen.

„Gut, dass du da bist, Maus“, sagte Rumpler, packte sie vorsichtig in seine Jacke und spürte kaum die Tränen der Erleichterung, die über sein Gesicht rannen, als er seine Katze in die Wohnung trug. Er ging langsam mit ihr, fast ein bisschen feierlich, sie war verloren gewesen und er hatte sie wiedergefunden.

In der Wohnung begutachtete er sie, aber nur kurz, weil sie plötzlich mit Vehemenz ihr Futter forderte. Für besondere Anlässe hatte Rumpler zur Sicherheit immer einige Döschen von Rosamundes Lieblingsfutter vorrätig, von denen sie zwei ohne Weiteres verspeiste. Als sie sich im Anschluss den Bart putzte, holte er aus seinem Weinschrank zur Feier des Tages eine Flasche alten Rotwein, einen Bordeaux, den seine Frau und er von einer Frankreichreise mitgebracht und zu einem besonderen Anlass hatten trinken wollen. Dieser Anlass hatte sich nie ergeben, schon gar nicht, als es ihr gesundheitlich immer schlechter ging, und die Flasche war über all die Jahre ungeöffnet geblieben.

Rumpler gab dem alten Wein etwas Zeit, sich zu entfalten, dann schenkte er sich ein Glas ein, hielt es gegen das Licht, staunte über die fast dunkelvioletten Rottöne und bewunderte die Schlieren, die sich einem transparenten Vorhang gleich auf der Innenwand des Glases bildeten. Dann trank er den ersten Schluck auf seine verstorbene Frau, die damals dabei gewesen war, als er Rosamunde gefunden hatte, den zweiten auf Rosamunde selbst und den dritten und letzten auf Alma. Das ruhige, starke Feuer des Weines breitete sich langsam in ihm aus und fühlte sich für ihn an wie ein Versprechen.

„Gut, dass du da bist, Maus", sagte Rumpler noch einmal, bevor er sich niederlegte. Rosamunde fand das auch. Kurz vor dem Einschlafen war es Rumpler noch, als müsste er etwas wegen Edwards klären, es hatte mit dem Einbruch zu tun, aber dann zeigten Erleichterung, Müdigkeit und Rotwein gemeinsam ihre Wirkung und Rumpler schlief sofort ein.

20.

Am nächsten Morgen hatte sich das Wetter verändert. Es war nicht mehr so kalt wie in den Tagen zuvor und Optimisten konnten vielleicht sogar schon in den wenigen hellblauen Schlieren, die sich am Himmel zeigten, ein Versprechen auf den Frühling erkennen. Obwohl er ziemlich unruhig geschlafen hatte, ging Rumpler, dankbar für die Wiederauffindung Rosamundes, beinahe beschwingt ins Café Sperl zum Frühstück. Er erwartete zwar einen weiteren gegen ihn gerichteten Schritt seitens Edwards, wusste aber nicht, wie dieser aussehen würde.

Als er das Sperl schließlich gestärkt wieder verließ und sich seinem Haus näherte, sah er eine Funkstreife, in der zwei Beamte saßen. Schlagartig wurde ihm etwas klar, was er bisher in seiner Freude, Rosamunde wiederzuhaben, nicht durchschaut hatte. Edwards hatte bei seinem Einbruch gar nicht geplant, etwas aus seiner Wohnung mitzunehmen. Das Moleskinebuch war für ihn wohl nur ein glücklicher Zufall gewesen. Edwards hatte etwas in die Wohnung gebracht oder bringen lassen.

Kaum hatte Rumpler das Haustor erreicht, als der eine der beiden Beamten aus dem Auto stieg und ihn ansprach. „Herr Rumpler? Kommen Sie bitte in Ihre Wohnung mit."

„Das Herr und das Bitte verdanke ich nur der Tatsache, dass ich früher Polizist war", dachte Rumpler. Noch während des Emporsteigens ging er die Möglichkeiten durch, welches belastende Material Edwards ihm untergeschoben haben könnte. „Wahrscheinlich Drogen", dachte Rumpler. Waffen hatte er bereits verworfen, als sie vor seiner Wohnung standen.

In der Wohnung selbst waren drei Polizisten dabei, sie komplett zu durchsuchen. Der leitende Beamte stellte sich als ein Dr. Nossek vor und informierte Rumpler, dass er aufgrund einer anonymen Anzeige mit dem Vorwurf des Besitzes von kinderpornografischem Material konfrontiert worden sei. Man habe mithilfe einer richterlichen Genehmigung seinen Laptop gecheckt und sei fündig geworden. Daraufhin sei die Durchsuchung seiner Wohnung angeordnet und auch gleich vorgenommen worden und man habe in Rumplers Schlafzimmer umfangreiches Fotomaterial ausschließlich von minderjährigen asiatischen Mädchen gefunden. Noch während Dr. Nossek die Rumpler allzu vertraute Formel einer vorübergehenden Festnahme herunterleierte, wurde Rumpler Edwards' zweiter und entscheidender Schlag gegen ihn immer klarer. Edwards hatte zu Recht damit gerechnet, dass Rumpler nach dem Verschwinden seines Moleskinebuches keine Anzeige erstatten würde. Falls Rumpler jetzt der Polizei vom gestrigen Einbruch berichten würde, wäre das absolut unglaubwürdig. Würde Rumpler versuchen, die Sache mit vagen Anschuldigungen gegen Edwards zu erklären, wäre das ebenfalls lachhaft, einfach absurd. Also schwieg Rumpler.

Als Dr. Nossek Rumplers Mobiltelefon forderte, ersuchte ihn dieser, vorher noch Sabine anrufen zu dürfen, um seine Katze versorgen zu lassen. Das wurde Rumpler zugestanden, aber das Telefonat musste über Lautsprecher geführt werden. Als Begründung für sein Ersuchen um Hilfe sagte Rumpler Sabine nur, er sei vorübergehend festgenommen, es handele sich um einen Irrtum und es werde sich alles aufklären. Die Wohnungsschlüssel seien bei der vis-à-vis von Rumpler wohnenden alten Nachbarin abzuholen.

„Ah, Herr Rumpler, sind Sie wieder im Dienst?“, sagte diese, als Rumpler, flankiert von zwei Polizeibeamten, bei ihr läutete.

„Das kann man wohl sagen“, entgegnete Rumpler grimmig und bat sie um Übergabe der Schlüssel an Sabine.

Als sie aus dem Haustor traten, waren auf dem Gehsteig mehrere Reporter positioniert, zwei hatten Fotoapparate, die sie intensiv nutzten, einer bediente eine Fernsehkamera. Unwillkürlich hob Rumpler einen Arm abwehrend in Kopfhöhe.

„Geben Sie uns einen Kommentar zur Anschuldigung wegen Kinderpornografie.“

Rumpler schwieg.

„Stimmt es, dass Sie eine besondere Vorliebe für minderjährige Asiatinnen haben?“, rief ein anderer Reporter ihm entgegen.

In diesem Moment saß Rumpler schon im Polizeiauto, das sofort losfuhr, während nur wenig später in den Online-Nachrichten die folgende Schlagzeile erschien: „Hoher pensionierter Kripobeamter wegen Kinderpornoverdachts festgenommen. Erdrückende Beweislage.“

Rumpler, der zu Dr. Nossek ins Präsidium gebracht wurde, betonte, dass das belastende Material ihm untergeschoben worden sei, er könne aber nicht sagen, wann oder durch wen, und nach einer mehrstündigen Befragung wurde ihm schließlich mitgeteilt, er sei auf freiem Fuß angezeigt, dürfe das Land nicht verlassen und habe sich zur Verfügung der Polizei zu halten.

Im Vorzimmer von Dr. Nossek erfuhr Rumpler von dessen Sekretärin, dass Herr Moser mit ihm zu sprechen wünsche, was von Dr. Nossek mit einem leichten Stirnrunzeln, sonst aber kommentarlos quittiert wurde. Auf Rumplers Frage nach seinem Mobiltelefon wurde ihm mitgeteilt, dessen Inhalte würden derzeit komplett heruntergeladen und kontrolliert werden. Es sei aber in der nächsten Stunde damit zu rechnen, dass er sein Telefon wiederhaben könnte, man würde diesbezüglich bei Herrn Moser anrufen. Obwohl Rumpler den Weg zu Mosers Zimmer besser kannte als die meisten Beamten des Hauses, wurde er doch mit Begleitung dorthin gebracht.

Erst als sich die Tür hinter ihm geschlossen hatte, sagte Moser: „Hallo Hans. Du bist schon seit Stunden in den Online-Nachrichten. Jetzt ist die Scheiße aber richtig am Dampfen.“

„Das kannst du laut sagen. Edwards hat sich gegen weitere Recherchen von meiner Seite abgesichert, indem er mich öffentlich unmöglich macht. Dadurch würd jede Anschuldigung durch mich nur als lahmes Ablenkungsmanöver interpretiert werden.“

Mosers Telefon läutete. Er hob ab, blickte kurz zu Rumpler und sagte: „Ja, bringen Sie bitte das Mobiltelefon zu mir. Ich übergeb es an Herrn Rumpler gegen Bestätigung.“

Als Rumpler sein Telefon schließlich wiederhatte, sah er, dass Alma vor etwa einer Stunde angerufen hatte. Er hatte eine Nachricht von ihr auf Band.

„Bitte entschuldige, Stinker, aber ich muss mir die Nachricht sofort anhören."

„Ist schon klar."

Rumpler wählte die Nummer seiner Mobilbox und hörte die ebenso freundliche wie unpersönliche Stimme der Sprecherin: „Sie haben eine neue Nachricht. Heute achtzehn Uhr sechsundvierzig."

Dann knackte es kurz in der Leitung, er hörte Alma und hörte sie doch wieder nicht wegen ihrer entsetzlich tonlosen, geradezu toten Stimme. „Du perverses Schwein. Ich wollte, ich hätt dich nie kennengelernt. Verschwind aus meinem Leben."

Hätte sie geschrien, wäre es für Rumpler leichter gewesen, aber in der Tonlosigkeit ihrer Nachricht lagen so viel Starre und Entsetzen und zugleich etwas Endgültiges. Es war etwas in ihr zerbrochen und damit auch in ihm.

„Nicht gut", sagte Moser, der Rumplers Miene aufgrund ihrer jahrzehntelangen Zusammenarbeit ziemlich gut deuten konnte.

„Nein, nicht gut", wiederholte Rumpler mechanisch. Jetzt erst verstand er Edwards Tücke zur Gänze. Dieser musste ihn umfassend überwacht haben. Er hatte von Lailanis Besuch bei Rumpler gewusst und ihn ganz gezielt für seine Zwecke brauchbar gemacht und er hatte auch Almas zu erwartende Reaktion in seinen Plan miteinbezogen. Was Edwards allerdings nicht wissen konnte, war eine Eigenschaft von Rumpler, die ihm auch schon in früheren Jahren immer wieder geholfen hatte, schwere und sogar schwerste Schläge zu verkraften. Auch wenn er noch so verletzt und persönlich getroffen war, so wie jetzt durch Edwards, wahrscheinlich stärker als je zuvor in seiner langen Karriere, funktionierten sein Kopf und sein Körper immer noch. Rumpler ging trotz allem seinen Weg. Unbeirrbar.

Als er sich von Moser verabschiedet hatte, noch immer fassungslos über das, was über ihn in so kurzer Zeit und mit solcher

Wucht hereingebrochen war, nahm er ein Taxi, um möglichst rasch in seine Wohnung zu kommen. Sabine erwartete ihn schon ungeduldig.

„Onkel Hans, was ist das für eine verrückte Geschichte? Man wirft dir Kinderpornografie vor."

„Ja. Ich hab einen Mörder aufgescheucht und er hat nach einem Weg gesucht, mich mundtot zu machen. Ziemlich erfolgreich, muss ich sagen."

„Und wie soll es jetzt weitergehen?"

„Das weiß ich selbst noch nicht. Ich hab aber das Gefühl, dass der Mörder, wo sich jetzt aus seiner Sicht doch alles so gut entwickelt, vielleicht noch einen weiteren Schritt machen wird."

„Und du kannst gar nichts tun?"

„Ich kann nur darauf warten, dass er einen Fehler macht, vielleicht aus Überheblichkeit, weil ihm meine Ausschaltung so gut geglückt ist."

„Aber für dich ist das Ganze ja entsetzlich. Dein Name ist zwar in den Medien nicht erwähnt worden, aber durch den Hinweis auf einen hochrangigen pensionierten Kripobeamten ist es ziemlich leicht herauszufinden, dass du das bist. Noch dazu sind die vorgeschriebenen Balken zur Anonymisierung deiner Fotos ziemlich schmal ausgefallen."

„Ich hoff auch auf eine baldige Klarstellung, aber jetzt heißt es erst einmal warten."

„Schlimm. Rosamunde und ich haben uns übrigens sehr gut vertragen."

„Danke, dass du sie versorgt hast."

„Sehr gern. Deine alte Nachbarin, von der ich den Schlüssel bekommen habe, ist wirklich eine Düse. Als sie mir die Schlüssel zu deiner Wohnung übergeben hat, hat sie mir verschwörerisch zugeflüstert: Der Herr Kommissar ist übrigens wieder im Dienst."

Rumpler lachte, wenn auch ein wenig bitter. „Damit hat sie nicht ganz unrecht."

Als Sabine gegangen war, nahm sich Rumpler seine Aufzeichnungen vor, die von der Polizei nur abfotografiert, aber nicht mitgenommen worden waren. Nach Rumplers Einschätzung würde Edwards seinen nächsten Schritt, falls er denn einen vorhatte, möglichst bald machen, in der Phase, in der er Rumpler als definitiv neutralisiert ansehen musste, und dieser nächste Schritt könnte durchaus ein Racheakt an Sonja für ihren Verrat sein. Rumpler überlegte, Moser noch spätabends anzurufen, verwarf diesen Gedanken aber wieder, weil seine Sorgen um Sonja seinem Freund bereits bekannt waren und sie ja eigentlich auch alles bis hin zum Polizeischutz für Sonja besprochen hatten.

21.

Irgendwann in den ganz frühen Morgenstunden läutete Rumplers Telefon. Rumpler war in derselben Sekunde hellwach, eine Fähigkeit, die er in seiner Aktivzeit bei der Kriminalpolizei erworben hatte und die ihm, wie er überrascht feststellte, auch in der Pension nicht abhandengekommen war. Moser war dran.

„Hallo Hans. Bitte entschuldige die nächtliche Ruhestörung, aber es schaut so aus, als ob Bewegung in unsere Sache kommt. Edwards hat heute knapp vor Mitternacht eine verschlüsselte Nachricht per SMS an Schnirch geschickt. Ich hab da zum Glück einen begabten jungen Mann an der Hand, der nicht ohne Mühe, aber letztlich doch erfolgreich den Code geknackt hat. Es waren zwar nur Zahlen, aber sehr interessante – unter anderem die Koordinaten von Sonjas Adresse. Im Klartext dürfte die Nachricht bedeuten, dass für morgen um zweiundzwanzig Uhr ein Besuch von Edwards und Schnirch bei Sonja geplant ist. Edwards befindet sich übrigens offiziell auf einer Auslandsdienstreise – ich hab mich in der Firma erkundigt."

„Das könnt unsere Gelegenheit sein, Edwards zu schnappen."

„Ja, vorausgesetzt, er hält sich an seinen Plan. Wir werden jedenfalls mit der ganzen Kavallerie vor Ort sein. Falls Edwards selbst nicht kommt, sondern nur Schnirch, dann schnappen wir uns den und nehmen ihn so in die Mangel, dass wir letztendlich auch Edwards erwischen."

„Gut. Halt mich bitte auf dem Laufenden."

„Mach ich. Gute Nacht, Hans."

„Gute Nacht, Stinker."

„Das Abhören könnte also doch etwas gebracht haben", dachte Rumpler, der sich davon eigentlich nicht viel erwartet hatte, bevor er wieder in einen unruhigen Schlaf mit seltsamen Träumen fiel.

Am nächsten Morgen erhielt Rumpler einen Anruf von Felsinger, der das Gespräch mit der folgenden Feststellung eröffnete: „Da hat Sie Edwards aber ganz schön an den Kanthaken bekommen, Herr Rumpler."

„Das stimmt leider. Er scheint großes Interesse daran zu haben, mich mundtot zu machen beziehungsweise meine Glaubwürdigkeit zu zerstören."

„Herr Rumpler, mein Anruf hat mit meinen Sorgen um Sonja zu tun. Sie darf davon zwar nichts wissen und würd sich fürchterlich aufregen, aber ich bin nach dem Angriff auf Sie ziemlich besorgt, weil es Edwards wahrscheinlich leichter hätte, Sonja etwas anzutun, jetzt wo Sie mundtot gemacht sind. Auf Ihre Warnungen vor Edwards würde derzeit sicher niemand hören."

„Das ist grundsätzlich richtig. Sonja ist gefährdet, aber sie ist nicht ganz ohne Schutz."

„Ich würd mich natürlich freuen, auch etwas zu Sonjas Sicherheit beizutragen, aber ich fürchte, derzeit können wir nur abwarten."

„Das stimmt. Nur wenn es gelingt, Edwards aus der Reserve zu locken, und er einen Fehler macht, können wir ihn erwischen."

„Herr Rumpler, könnt ich mich vielleicht mit Ihnen treffen? Ich hab das Gefühl, in dieser Phase des erzwungenen Nichtstuns werd ich noch verrückt."

„Kommen Sie einfach heute Abend, sagen wir zwischen neunzehn und zwanzig Uhr, ins Café Sperl. Sie finden mich in der Nähe der Billardtische."

„Danke, Herr Rumpler. Bis später."

Oft genug hatte Rumpler diese Phase des Wartens auf einen möglichen entscheidenden Schritt eines Verdächtigen erlebt, er konnte warten wie ein Krokodil, das im Uferschlamm eines Flusses regungslos und geduldig auf seine Beute lauerte, um im Bedarfsfall blitzartig zu reagieren, und trotzdem war er diesmal von einer nervösen Unruhe erfüllt, die sich in seinen Tiefen breitmachte und ihn irritierte, als er knapp vor neunzehn Uhr im Café Sperl eintraf. Er war wohl auch ein wenig unsicher, wie sich die jüngsten Meldungen über ihn hier im Kaffeehaus auswirken würden.

Kaum hatte er das Lokal betreten, als die Kellnerin, die er schon seit über zehn Jahren kannte, energisch auf ihn zukam. Als Rumpler im Sperl noch ein neuer, namenloser Gast gewesen war, dort aber doch schon so oft auftrat, dass er zu einem, wenn auch anonymen, Stammgast wurde, waren seine Bestellungen mit dem Zusatz „unser Herr“ in die Küche weitergegeben worden, etwa „Eine Eierspeise für unseren Herrn“ oder „Eine Melange für unseren Herrn“, was ihm damals eine zumindest feudale, wenn nicht sogar religiöse Aura verliehen hatte, die ihn oft hatte lächeln lassen. Kaum waren aber Rumplers kriminalistische Erfolge in den Zeitungen nachlesbar gewesen, als er dieser besonderen Bezeichnung verlustig ging und schlicht als „Herr Kommissar“ angesprochen wurde.

„Herr Kommissar“, sagte Frau Maria, die Kellnerin, der er mit leichtem Bangen entgegengesehen hatte, „was diese Schmierfinken wieder für einen Blödsinn schreiben.“

„Sie vertrauen mir?“, hakte er hoffnungsvoll nach.

„Wie mir selbst.“

„Danke“, sagte Rumpler nur, während er eine heiße Welle von Dankbarkeit gegenüber dieser kleinen, energischen Person, die so unerschütterlich an ihn glaubte, in sich aufsteigen fühlte.

„Das wird alles wieder“, sagte sie mit größter Sicherheit und nahm dann seine Bestellung auf.

Er hatte für das schwierige und wohl auch längere Warten an diesem Tag einen Tisch bestellt, der einen freien Blick auf die Billardtische bot, an denen wieder einmal die Vereinsmitglieder trainieren würden. Rumpler hatte soeben seine erste Melange konsumiert, als einige Spieler eintrafen, sich gedämpft unterhielten, aber noch nicht an den Tischen aktiv wurden. Gegen neunzehn Uhr dreißig traf Felsinger ein. Rumpler winkte ihm kurz zu und der Neuankömmling setzte sich.

„Danke, dass ich kommen konnte, Herr Rumpler. Ich glaub, zu Hause würd mir heute die Decke auf den Kopf fallen.“

„Er klingt beinahe wie ein kleiner Bub“, dachte Rumpler, „und vielleicht fühlt er sich in seiner Sorge um Sonja ja auch so.“ Laut sagte er: „Ich versteh das sehr gut. Wir können heute den Billardspielern zusehen, das macht das Warten leichter.“

„Warten worauf?“, entgegnete der plötzlich alarmierte Felsinger, woraufhin Rumpler es für das Beste hielt, ihn ins Vertrauen zu ziehen und zumindest in groben Zügen über das Ergebnis der Telefonüberwachung zu informieren.

„Das ist eine verdammte Geschichte. Hoffentlich gerät Sonja nicht in Gefahr.“

„Sie ist bestmöglich geschützt. Mein Kollege Moser ist mit einer ganzen Reihe von Polizisten zu ihrem Schutz vor Ort.“

„Dann sollte sie nach menschlichem Ermessen sicher sein. Für Sie selbst muss das Ganze aber auch schlimm sein – nicht nur wegen der falschen Anschuldigungen, gegen die Sie sich nicht wehren können und vor allem auch nicht wehren dürfen, um Edwards weiter in Sicherheit zu wiegen und damit aus der Reserve zu locken, sondern auch, weil Sie in Ihrer Aktivzeit in solchen entscheidenden Phasen sicher immer am Ort des Geschehens waren und heute nicht dabei sein können.“

„Das stimmt nur zum Teil. Heute ist es mir eigentlich lieber, hier im Sperl zu sein – ich weiß selbst nicht genau, warum.“

Felsinger bestellte ein Seidel Bier und ein Paar Sacherwürstel mit Senf und Kren und Rumpler, der nach der Solidaritätskundgebung der Kellnerin plötzlich auch wieder so etwas wie Hunger verspürte, schloss sich an.

In der Zwischenzeit waren schon mehrere Billardspieler eingetroffen, unter ihnen auch jener dürre Alte, den Rumpler zuletzt bei Karls Begräbnis gesehen und der ihn hier im Café Sperl durch seine phänomenale Spielstärke beeindruckt hatte. Es wurden einige Übungsstöße getätigt, aber es lag auch eine gewisse Spannung in der Luft. Rumpler war neugierig, warum. Wie sich bald zeigte, war für heute ein Wettkampf angesetzt. Es gab für den Alten einen Herausforderer, einen Mann von vielleicht vierzig Jahren, der seine Aufwärmstöße mit großer Präzision führte und sich dadurch als würdiger Gegner empfahl. Der Alte übte überhaupt nicht, saß in sich zusammengesunken und zittrig auf seinem Sessel und lachte nur ein- oder zweimal kurz und meckernd auf, als ihn ein anderer Spieler ansprach.

Rumplers Sacherwürstel waren bereits verschwunden, und als er soeben mit einer gewissen Befriedigung feststellte, dass Felsinger, genauso wie er, mit seinem verbliebenen Stück Semmel die Senf- und Krenreste sorgfältig zusammenwischte, begann der Wettkampf. Der Alte hatte sich mühsam erhoben, fast vermeinte man, seine Knochen klappern zu hören, und mit zittrigen Fingern den Queue aus dem Futteral geklaubt und zusammengeschraubt. Er beobachtete nun seinen Gegner, der eine respektable Serie von vier Stößen in Folge hinlegte – eine ziemliche Vorgabe. Dann war der Alte dran. Er spielte solide, jedoch keineswegs spektakulär, schaffte aber doch eine Fünferserie und damit einen hauchzarten Vorsprung, bis ihm ein offensichtlicher Flüchtigkeitsfehler unterlief. Rumpler wunderte sich. Das Spiel begann, ihn zu faszinieren, und Felsinger erging es ebenso. Zwischendurch sah Rumpler immer wieder auf seine Uhr, es war mittlerweile einundzwanzig Uhr vierunddreißig. In einer halben Stunde würde sich zeigen, ob Edwards oder Schnirch in die Falle ging.

Felsinger bemerkte Rumplers Unruhe. „Sie sind nervös, Herr Rumpler."

„Das stimmt. Früher konnt ich in aller Ruhe warten, bis sich gezeigt hat, ob wir bei einem Fall Erfolg hatten, aber heute ist das anders. Vielleicht eine Alterserscheinung."

Felsinger lachte. „Das nehm ich Ihnen nicht ab. Ich glaub, da geht es um was ganz anderes."

„Vielleicht ist das tatsächlich so. Seltsamerweise macht mich heute das Billardspiel nervös."

„Interessant", meinte Felsinger, „die Gegner scheinen einander ja ziemlich ebenbürtig zu sein."

„Das glaub ich nun ganz und gar nicht", sagte Rumpler.

Felsinger blickte überrascht auf. „Wen sehen Sie denn im Vorteil?"

„Ich glaub, der klapprige Alte ist seinem Gegner haushoch überlegen. Er spielt mit ihm, mit seinen Hoffnungen und Emotionen, er hat ihn völlig im Griff, ohne dass der andere das auch nur merken würde."

Felsinger sah ihn verblüfft an.

Ein kurzer Blick auf die Uhr zeigte Rumpler, dass es bereits einundzwanzig Uhr siebenundvierzig war, als der Alte schließlich die Gelegenheit hatte, mit einem letzten, nicht einmal besonders anspruchsvollen Stoß das Spiel endgültig für sich zu entscheiden. Er ließ sich für diesen einfachen Stoß erstaunlich viel Zeit, zielte, setzte kurz ab, zielte neuerlich und die Spannung unter den Zuschauern wuchs merklich an.

Als der Alte schließlich den Stoß führte, war es Rumpler, als sähe er alles wie in einem Traum – übergenau und in Zeitlupe. Knapp bevor die Queuespitze, die sogenannte Pomeranze, die Kugel traf, schwenkte der Alte den Queue leicht herum, während sich seine Zähne zu einem kaum sichtbaren Grinsen entblößten. Die Zuseher stöhnten auf und auf dem Gesicht des Herausforderers erschien ein überlegenes Lächeln – dem Alten war soeben ein kapitaler Fehler unterlaufen. Doch dann war plötzlich alles anders. Die scheinbar fehlerhaft getroffene Kugel suchte sich über insgesamt vier Banden einen neuen Weg, wurde durch die Länge der durchlaufenen Bahn ziemlich langsam und näherte sich der neuen Zielkugel nur mehr zögerlich, traf sie aber dann doch mit einer tödlichen Präzision und touchierte die zweite Kugel noch hauchzart. Die Zuseher waren erst wie erstarrt, dann brach lauter Jubel aus, es wurde vor Begeisterung geschrien, gepfiffen und geklatscht, während Rumpler, kreideweiß im Gesicht, starr vor sich hin blickte.

22.

Die Kellnerin hatte Rumplers seltsame Veränderung bemerkt und war schon bei ihm, als er aus seiner Starre hochfuhr.

„Bitte, ein Taxi. Sofort", stieß er hervor.

„Ist es so eilig?"

„Es geht um Leben und Tod."

Felsinger starrte Rumpler fassungslos an.

Frau Maria reagierte auf diese dramatische Aussage Rumplers so ruhig, als habe er eben bei ihr eine Melange bestellt. „Ich glaub, da hilft ein Taxi nicht", sagte sie, trat rasch zu einem Mann von etwa fünfundzwanzig Jahren, der zwei Tische von ihnen entfernt saß und sich mit seinem Mobiltelefon und einem Bitter Lemon beschäftigte, und legte ihm die Hand auf den Arm. „Gerhard, führst mir bitte die beiden Herren? Der Herr Kommissar hat's eilig. Richtig eilig."

Zu Rumplers Erleichterung stand der Angesprochene sofort auf und fragte noch im Hinauslaufen: „Wohin soll's gehen?"

„Ecke Josefstädterstraße-Gürtel."

Mittlerweile hatten sie sein in unmittelbarer Nähe des Cafés geparktes Auto erreicht, einen in einem ziemlich auffälligen Blau gehaltenen Mitsubishi Evolution. So schnell wie möglich zwängten sie sich hinein.

„Wir stehen in der falschen Richtung", sagte Rumpler besorgt.

„Das wird schon." Der Motor ließ ein markerschütterndes Röhren hören, während der Wagen aus der Parklücke herausschoss. „Normalerweise würd ich ihn ja aufwärmen, aber wo es so eilig ist ..."

„Wir fahren ja noch immer in die falsche Richtung", schrie Rumpler, um den Motor zu übertönen.

„Gut festhalten", entgegnete Gerhard und zog ruckartig die Handbremse an, nachdem er kurz eingelenkt und ausgekuppelt hatte, und legte mit kreischenden Reifen einen makellosen U-Turn auf der um diese Zeit zum Glück nur spärlich befahrenen Gumpendorfer Straße hin, gab Gas und sie rasten ihrem Ziel entgegen. Während seiner Dienstzeit bei der Polizei waren Rumpler viele gute und auch einige exzellente Fahrer untergekommen, aber die Präzision und Reaktionsschnelligkeit dieses jungen Mannes waren einfach unvergleichlich.

Rumpler rief Moser an. „Hallo Stinker, ich fürcht, wir haben uns geirrt. Ich glaub, dass Sabine und nicht Sonja das Zielobjekt ist."

„Wo?", fragte Moser nur, der sich gar nicht erst mit weiteren Fragen aufhielt, weil er noch von früher wusste, wie oft Rumpler mit seiner Intuition recht behalten hatte. Rumpler gab ihm die genaue Adresse. „Wir kommen sofort. Parallel dazu schick ich einen Wagen zur Wohnung von Edwards und lass sie durchsuchen. Die Genehmigung dazu hab ich schon, aber im Büro hab ich zur Sicherheit nichts davon erwähnt, weil es da ziemlich sicher eine undichte Stelle gibt."

„Aber lass auf jeden Fall auch noch jemanden bei Sonja. Vielleicht lieg ich ja völlig falsch", sagte Rumpler, während sich sein Magen aus Angst um Sabine verkrampfte. Kurz vor ihrer Ankunft bat Rumpler Gerhard, vor dem Haus im Auto zu warten und zu beobachten, ob sich vielleicht etwas Auffälliges zeigte, aber auf gar keinen Fall selbst in irgendeiner Weise einzugreifen.

Kaum war der Mitsubishi mit quietschenden Reifen zum Stillstand gekommen, als sie auch schon die Türen aufrissen und Rumpler, gefolgt von Felsinger, auf den Hauseingang zulief. Es war zwei Minuten vor zweiundzwanzig Uhr. Sie hasteten das schneckenhausartig gewundene Stiegenhaus hinauf, und als sie Sabines Wohnungstür erreichten, sah Rumpler, dass das Schloss geknackt und die Tür nur angelehnt war.

„Sabine", rief Rumpler in die finstere Wohnung hinein, aus der ein leichter Benzingeruch strömte. „Kein elektrisches Licht", sagte Rumpler, während er seine Handytaschenlampe anknipste und Felsinger es ihm gleichtat.

Aus dem Wohnzimmer tönte ein leichtes Wimmern. Sie fanden mit etwas Mühe die Wohnzimmertür, rissen sie auf und sahen im schwachen Licht einer Kerze Sabine zu einem dunklen Bündel verschnürt daliegen. Es stank unerträglich nach Benzin. Die Kerze stand auf einer kleinen Wippe, die sich soeben in Bewegung setzte, eine jener ebenso einfachen wie wirkungsvollen Wippen, wie sie in den alten Geschichten von rachsüchtigen Knechten zum zeitversetzten Abfackeln von Scheunen verwendet wurden.

Während Rumpler in diesem entsetzlichen Augenblick bereits wusste, dass sie zu spät gekommen waren, machte Felsinger einen irrwitzigen Sprung vorwärts, krallte eine Hand um die offene Flamme der Kerze und krachte zu Boden. Felsinger stöhnte. Rumpler wartete noch mit angehaltenem Atem auf die Explosion, als vor dem Haus bereits Polizeisirenen zu hören waren. Sie erwachten aus ihrer Schockstarre.

„Schnell raus hier“, schrie Rumpler und leuchtete, so gut es ging, mit seiner Taschenlampe. Felsinger hob die gefesselte Sabine hoch, wie sie war, und trug sie hinaus ins Stiegenhaus, heraus aus dem entsetzlichen Benzindunst, als ihnen Moser mit einer Gruppe Polizisten entgegenkam. Rumpler setzte seinen Exkollegen kurz ins Bild, während Sabine von ihren Fesseln und dem Knebel befreit wurde.

„Sabine, bist du okay?“, fragte Rumpler besorgt.

„Er wollt mich umbringen. Er ist so voller Hass. Ich hab gedacht, alles ist aus“, sagte sie nur.

„Wer wollte Sie umbringen?“, fragte Moser.

„Edwards. Er wollte, dass ich verbrenne.“ Sabine schloss die Augen.

Während Moser sofort die Fahndung nach Edwards und Schnirch einleitete, beugte sich Rumpler zu Sabine hinunter, fuhr ihr ganz langsam und sorgfältig über die Stirn und sagte: „Sabine, jetzt wird alles gut. Der Krankenwagen ist schon unterwegs. Ich komm dann noch zu dir.“

„Danke für alles“, murmelte sie leise.

Wie sich zeigte, hatte sich Felsinger bei seinem Sprung im

Gesicht eine Rissquetschwunde zugezogen, die ziemlich stark blutete. Als er sich mit der Hand über das Gesicht fuhr und das Blut bemerkte, lachte er. „Sonja wird Augen machen. Jetzt hab ich noch einen Schmiss."

„Wo hast du denn diesen Sprung hergehabt?", fragte Rumpler, der, noch immer fassungslos von dem Geschehen, automatisch zum Du übergewechselt war.

„Ich hab in Amerika studiert und dort in der Collegemannschaft American Football gespielt. Wir waren ziemlich gut."

„Das glaub ich gern. Du warst unglaublich."

„Du aber auch", erwiderte Felsinger. „Ich hab ja überhaupt nicht verstanden, warum wir so plötzlich losmussten."

„Es war der Alte. Er hat mit seinen Zuschauern genauso gespielt, wie Edwards mit uns gespielt hat. Während er für uns sichtbar Sonja ins Visier nahm, wollte er in Wahrheit Sabine treffen. Ich kann dir das später noch genauer erklären. Ich glaub, jetzt müssen wir uns um unseren großartigen Fahrer kümmern. Ohne ihn hätten wir das nie geschafft."

„Ja, der ist wirklich ein Künstler mit seinem Auto."

Als die beiden zu ihm kamen, berichtete er von einer Beobachtung. Knapp nachdem sie im Haustor verschwunden waren, sei in unmittelbarer Umgebung des Hauseingangs ein mit zwei Personen besetzter mittelgroßer weißer Kombi in einem Höllentempo weggefahren. Die Nummer habe er leider nur teilweise erkannt.

„Das macht nichts", sagte Rumpler. „Ich geh davon aus, dass der Wagen ohnedies gestohlen ist. Außerdem haben wir jetzt Sabine als Zeugin des Mordversuchs."

Mittlerweile war ein Krankenwagen eingetroffen, aus dem eine junge Ärztin stieg, die Sabine kurz untersuchte, ihr eine Spritze gab und sie dann in den Wagen verfrachten ließ, während Rumpler der Patientin nochmals seinen baldigen Besuch ankündigte.

Als der Blick der Ärztin auf Felsingers Verletzung fiel, sagte sie: „Sie packen wir am besten auch gleich ein. Das gehört genäht." Felsinger protestierte und die Ärztin lachte. „Bei uns geht das wie in der Fischerei. Manchmal gibt es eben Beifang. Los, steigen Sie ein."

Von ihrer Entschlossenheit überzeugt, ließ sich Felsinger ohne weiteren Widerstand im Auto verstauen, während Rumplers Telefon läutete. Es war Sonja.

„Alles in Ordnung bei Ihnen, Herr Rumpler? Herr Moser ist samt einigen Polizisten plötzlich so überstürzt zu Ihnen aufgebrochen, dass ich mir gedacht hab, es muss was passiert sein."

„Es hat einen Mordversuch an Sabine gegeben, der aber gerade noch rechtzeitig verhindert werden konnte. Felsinger hat das wirklich großartig gemacht, doch er hat sich dabei verletzt."

Sonjas sonst so klare Stimme klang plötzlich gepresst. „Ist es schlimm?"

„Ich glaube, nicht sehr. Solche Wunden schauen im ersten Augenblick oft ziemlich arg aus, aber im Spital werden sie ihn schon wieder zusammenflicken. Ich fahr übrigens in etwa einer Stunde ebenfalls dorthin, um Sabine und Felsinger zu besuchen. Wollen Sie mitkommen?"

„Ja, bitte."

„Ich sag Moser, er soll Ihr Bewachungsteam verständigen, damit man Sie fahren lässt. Ich hol Sie ab. Sind Sie im Haus Ihrer Mutter?"

„Nein, ich bin in der anderen Wohnung. Ich schick Ihnen eine SMS mit der genauen Adresse fürs Navi. Rufen Sie mich bitte, ein paar Minuten bevor Sie kommen, an, dann kann ich schon unten auf sie warten."

„So eilig habe ich es nicht. Bitte bleiben Sie in der Wohnung, bis ich bei Ihnen bin", sagte Rumpler, dem die Vorstellung, dass Sonja gegen Mitternacht auf der Straße warten sollte, wenn auch unter Polizeischutz, überhaupt nicht behagte.

23.

Während er zu ihr fuhr, fühlte er sich seltsam, wie ausgeleert, ein Gefühl, das er von früher kannte und das sich jedes Mal eingestellt hatte, wenn er im Zuge seiner beruflichen Tätigkeit in Lebensgefahr geraten war. Er sah dann die Welt irgendwie neu, als ob er sie zum ersten Mal registrierte, und es war ihm, als ob alles, was vor seinen Augen lag, noch keinen Namen hätte. Er sah die vertrauten Gebäude, Straßen, Gegenstände, aber er benannte nichts, wollte auch nichts benennen, um so das Geheimnis seiner Wiedergeburt nur mit sich selbst zu feiern, ganz allein, froh, dass er noch da war. Rumpler erinnerte sich daran, wie sehr ihn das erste Auftreten dieses Phänomens erschreckt hatte, vor beinahe vierzig Jahren, aber er erinnerte sich auch an die Faszination dieses klarsichtig-transparenten Zustands, in dem er sich auch jetzt wieder befand. Dieses Erleben war eines der Geheimnisse von Rumpler, nie hatte er es mit jemandem geteilt, auch nicht mit seiner Frau, der er doch vertraut hatte wie keinem Menschen sonst, aber es war so unmittelbar ihn selbst betreffend, dass er es niemandem mitzuteilen vermochte.

Sonja wurde von zwei Polizeibeamten bis zu Rumplers Wagen gebracht. Als sie dann bei ihm im Auto saß, sah sie ihn nur kurz von der Seite an. „Sie spürt ganz genau, was los war", dachte Rumpler, „auch wenn ich überhaupt nichts sage, sie ist wie Alma." Und mitten in seiner Überlebenseuphorie traf ihn der Schmerz wegen des Verlusts von Alma mit einer Vehemenz, die er nicht für möglich gehalten hätte.

„Wie geht es Alma?", fragte er, um eine möglichst ruhige Stimme bemüht.

„Sie war nach der Kinderpornomeldung völlig außer sich. Ich hab ein paarmal versucht, mit ihr zu reden, aber es war unmöglich – ich konnte sie einfach nicht erreichen. Sie musste ins Polizeikommissariat kommen und ist damit konfrontiert worden, dass in Ihrer Wohnung, gemeinsam mit den Kinderpornofotos, auch einige Bilder gefunden wurden, die beweisen, dass Lailani ausspioniert wurde. Auf einem der Fotos war die Straßenbezeichnung und die Hausnummer von Almas Haus zu erkennen und so ist die Polizei darauf gekommen, sie zu kontaktieren. Diese heimlich von Lailani auf dem Schulweg aufgenommenen Fotos müssen Alma dann letztlich von Ihrer Schuld überzeugt haben. Die Information seitens der Polizei, dass Lailani durch Sie ausspioniert wurde, hat sie so richtig fertiggemacht. Erst am nächsten Tag hab ich mit ihr sprechen können und ihr gesagt, dass Ihnen die Kinderpornogeschichte von A bis Z komplett untergeschoben worden ist. Herr Moser hat ihr das dann auch noch einmal bestätigt."

„Edwards hat das wirklich teuflisch schlau in Szene gesetzt. Kein Wunder, dass Alma von meiner Schuld überzeugt war. Es tut mir so leid, dass sie das durchmachen musste. Aber eins versteh ich nicht ganz. Woher wissen Sie selbst eigentlich so sicher, dass es sich bei dem belastenden Material um einen Köder handelt?"

„Nun, als ich damals bei Ihnen zu Hause die Telefonlisten durchgegangen bin, hab ich mir gedacht, dass Sie sich mit Ihren Untersuchungen auf ziemlich heikles Terrain begeben, aber dabei möglicherweise nicht ausreichend auf Ihren Schutz achten, noch dazu, wo Sie immer online sind. Ich hab mir daher erlaubt, Ihren Laptop als Vorsichtsmaßnahme mit einer Art unsichtbaren Schutzhülle zu umgeben, die präzise dokumentiert, welche Daten von Ihnen selbst heruntergeladen und welche Ihnen von außen zugespielt werden. Zweimal ist diese Schutzhülle durchbrochen worden. Einmal vermutlich von Edwards und ein zweites Mal von der Polizei."

„Danke, Sonja", sagte Rumpler, der wie schon bei der Kellnerin im Café Sperl auch jetzt wieder das Gefühl hatte, unsichtbar, aber erstaunlich wirksam von guten Geistern umgeben zu sein.

„Alma hat mir gesagt, dass sie einen entsetzlichen Fehler gemacht hat, den sie möglicherweise nie wiedergutmachen kann. Ich glaub, sie hat Ihnen einen Brief geschrieben."

„Der müsst doch schon längst bei mir eingetroffen sein", entgegnete Rumpler aufgeregt. „Ich hab keinen Brief bekommen."

„Vielleicht wollte sie ihn ja auch nur schreiben oder er ist bei der Post hängen geblieben", meinte Sonja.

Mittlerweile waren sie beim Krankenhaus angekommen, parkten das Auto in dem um diese Zeit fast leeren Parkhaus, in dem ihre Schritte seltsam hallten, und gingen zur Information. Rumpler gab sich als Verwandter von Sabine zu erkennen und ließ sich die Buchstaben-Zahlen-Kombination erklären, die als Orientierungshilfe zur Auffindung der zahllosen Kranken in diesem riesigen Gebäudekomplex diente.

Vor Sabines Zimmer saß in sich zusammengesunken ein Polizist. Als er die beiden kommen sah, stand er rasch auf und salutierte stramm vor dem eigentlich sehr zivil aussehenden Rumpler, dessen Besuch ihm augenscheinlich angekündigt worden war, und gab die Tür zum Krankenzimmer frei. Rumpler und Sonja traten ein, gefolgt von der diensthabenden Nachtschwester, die ihnen erklärte, Sabine habe wegen des erlittenen Schocks ein starkes Beruhigungsmittel bekommen und schlafe daher. Sie könne frühestens am Vormittag befragt werden.

Rumpler trat zum Bett, berührte ganz behutsam Sabines Hand und fühlte eine heiße Dankbarkeit in sich aufsteigen, dass sie beide noch am Leben waren. Dann verließen sie das Zimmer. Rumpler fragte die Schwester, ob sie wisse, wo Felsinger untergebracht sei.

„Den finden Sie einen Stock tiefer, ich glaub, er liegt in Zimmer 316 A."

Sonja fragte die Schwester besorgt, wie es Felsinger denn gehe.

„Der ist zäh und sicher schnell wieder auf den Beinen. Aber sonst", sie verdrehte leicht die Augen, „ein ausgesprochen bockiger Patient."

Sonja warf Rumpler einen ebenso triumphierenden wie erleichterten Blick zu, der ihn aber nicht bemerkte, weil er über den nicht ganz angebrachten Kommentar der Schwester leicht irritiert war. Sie nahmen für das eine Stockwerk einen Aufzug, nachdem das Stiegenhaus in dem kaum überschaubaren Wust aus Türen und Gängen nicht leicht zu finden gewesen war.

Auf Rumplers vorsichtiges Klopfen war aus dem Krankenzimmer keine Antwort zu hören. Als er daraufhin die Tür langsam öffnete und vor Sonja eintrat, sah er, wie Felsinger seine Augen blitzartig schloss. Er saß mit hochaufgerichteter Rückenlehne im Bett, das Gesicht ziemlich verpflastert, und hatte einen Laptop vor sich.

„Offensichtlich ist er über dem Laptop eingeschlafen", dachte Sonja, als sie mit besorgtem Blick vorsichtig näher trat.

Plötzlich hoben sich Felsingers Augendeckel wie bei einem Reptil. Sonja fuhr ordentlich zusammen. „Nur keine falschen Hoffnungen, Frau Förster. Ich bin noch am Leben." Felsinger zeigte ein schiefes Grinsen. „Vielleicht können Sie ja den diensthabenden Drachen zähmen und mich befreien? Man hat mich wegen Verdachts auf eine Gehirnerschütterung hierbehalten. Auf meine Einwände wird hier nicht eingegangen – wahrscheinlich meint man, ich sprech im Delirium."

„Das wundert mich ganz und gar nicht", erwiderte Sonja, „so wie Sie aussehen, hat man Sie aus dem Wirtshaus geworfen."

„Ja, ja, der Alkohol ist ein Hund ..." Felsinger grinste wieder, bevor er sich an Rumpler wandte. „Hallo Hans. Schön, dass ihr gekommen seid. Wie geht es Sabine?"

„Ich glaub, unter den gegebenen Umständen ganz gut. Sie ist ein Stockwerk über dir untergebracht – unter dauerndem Polizeischutz. Man hat ihr ein starkes Beruhigungsmittel gegeben und sie schläft jetzt."

„Das ist gut." Dann wandte er sich wieder Sonja zu. „Die Dame war nämlich der Grund für meine Wirtshausrauferei. Ich habe sie förmlich angesprungen und so etwas hat natürlich Konsequenzen."

„So viel Testosteron hätt ich Ihnen gar nicht zugetraut."

„Sie sollten mich nicht unterschätzen. Seien Sie froh, dass Sie Herrn Rumpler zu Ihrem Schutz mithaben."

„Herr Rumpler, ich möcht Ihnen nicht zumuten, Zeuge einer Körperverletzung zu werden, aber ich muss diesen Herrn einfach zum Schweigen bringen. Könnten Sie sich bitte kurz umdrehen?"

Rumpler lächelte und tat, wie ihm geheißen worden war. Er hörte einige leichte Schritte, dann war alles still und nach einigen Minuten hörte er, wie die Tür ging. Rumpler drehte sich wieder um und sah Felsinger mit einem staunenden, beinahe beseelten Gesichtsausdruck im Bett sitzen.

Felsinger schwieg lange. Dann sagte er leise: „Sie riecht unglaublich gut."

Rumpler, den augenblicklich eine Erinnerung an Alma anwehte, verstand ihn besser, als Felsinger das für möglich gehalten hätte.

Als er sich von ihm verabschiedet hatte und auf den Gang hinaustrat, wartete Sonja auf ihn, mit einem warmen Lächeln, ganz von innen heraus, sodass es Rumpler ans Herz griff.

Er legte ihr kurz die Hand auf den Arm. „Ich freu mich, Sonja. Für euch beide."

„Ich bin in letzter Zeit völlig durch den Wind, als ob alles neu gemischt wird. Max hat mein ganzes Leben durcheinandergebracht."

„Sie seines aber auch", meinte Rumpler. „Er war ja völlig verändert, direkt andächtig, als Sie gegangen sind."

Sonja lächelte wieder.

Rumpler blickte kurz auf die Uhr. „So, jetzt ist es aber höchste Zeit zum Schlafen. Das war ein aufregender Tag. Moser hat mich informiert, dass Ihr Polizeischutz bis auf Weiteres aufrechterhalten wird. Und gehen Sie morgen bitte nicht in die Arbeit. Sicherheitshalber."

„Mach ich. Ich muss ohnehin ein bisschen zur Ruhe kommen."

Rumpler brachte sie nach Hause und stellte beruhigt fest, dass die Funkstreife noch immer vor dem Haus stand. Ein Beamter stieg aus und begleitete Sonja hinein.

Es war bereits nach ein Uhr, als Rumpler sich vor Rosamunde für sein spätes Erscheinen rechtfertigen musste. „Heut war es wirklich eng, Maus."

Rosamunde war das egal, eng hin oder her. Sie zeigte deutlich ihren Unmut.

„Komm her, Maus, es gibt noch was Gutes", sagte Rumpler versöhnlich und richtete ihr eine Portion Fisch, die vom Vortag übrig geblieben war und die sie nach einigen Zurechtweisungen letztlich doch in Gnaden annahm.

Als Rumpler geduscht und sich niedergelegt hatte, gingen ihm die erlebten Szenen nochmals kaleidoskopartig durch den Kopf – der Meisterstoß des Alten, die rasende Fahrt durch das nächtliche Wien, die fallende Kerze, Felsingers wahnwitziger Sprung. Im Halbschlaf konnte Rumpler plötzlich nicht mehr zwischen Traum und Wirklichkeit unterscheiden und er war sich sicher, er führe in diesem Augenblick selbst im Höllentempo durch die Stadt und müsse bremsen. Er zuckte heftig zusammen, was ihn wieder ziemlich lange wach daliegen ließ, bis er schließlich doch einschlief, nicht ohne davor noch den Duft Almas gespürt oder vielleicht doch schon geträumt zu haben.

24.

Am nächsten Tag stand er wie gewohnt um sechs Uhr auf, obwohl er kaum vier Stunden geschlafen hatte. Er freute sich über sein schon verloren geglaubtes und wieder neu geschenktes Leben, rasierte sich mit allergrößter Sorgfalt und genoss hingebungsvoll seine Dusche, als sein Telefon läutete. Triefend, in ein großes Badetuch gehüllt, tappte er in Richtung Telefon, war aber schon zu spät dran, um den Anruf entgegenzunehmen. Es war Moser gewesen. Zwei Minuten später rief ihn Rumpler zurück.

„Hallo Stinker. Ich war zu langsam beim Telefon."

„Hallo Hans. Ich hab soeben mit dem Krankenhaus telefoniert und erfahren, dass wir Sabine jetzt befragen können. Wenn du möchtest, kannst du gern dabei sein. Vielleicht ist es für Sabine leichter zu sprechen, wenn du als Vertrauensperson anwesend bist."

„Danke, ich komm gerne. Wann seid ihr im Krankenhaus?"

„Um neun Uhr. Übrigens sind Edwards und Schnirch bisher noch nicht in ihren Wohnungen oder bei Edwards' Mutter erschienen. Bei GVD hab ich die Order hinterlassen, Edwards und Schnirch, falls sie dort auftauchen, auf keinen Fall am Betreten des Hauses zu hindern und uns sofort zu verständigen. Sie haben mir versprochen, voll mit uns zu kooperieren."

„Gut, dann bis neun."

„Bis bald, Hans."

Als sie bei Sabine eintrafen, hielt Moser Rumpler am Gang vor der Tür zum Krankenzimmer noch kurz zurück. „Hans, einen Moment noch. Bei der Durchsuchung von Edwards' Wohnung haben wir allerhand interessantes Material gefunden, unter anderem einen langen Brief von seiner Mutter an ihn, der manches erklären dürfte. Ich hab dir eine Kopie gemacht, du kannst sie nachher lesen."

„Danke, Stinker. Ich würd gern kurz mit Sabine allein sprechen. Es dauert nicht lang."

„Ist okay. Lass dir Zeit."

Moser begann mit dem diensthabenden Beamten eine Unterhaltung, während Rumpler das Krankenzimmer betrat, in dem Sabine, etwas blasser als sonst, aber doch mit entschlossenem Gesichtsausdruck, lag.

„Guten Morgen, Sabine. Wie geht es dir?"

„Guten Morgen, Onkel Hans. Sie haben mir gestern ein starkes Beruhigungsmittel gegeben und ich hab ziemlich lange geschlafen. Meine Gliederschmerzen sind schon etwas besser, aber ich fühl mich insgesamt sehr seltsam, so als ob ich mir selber fremd wär."

„Das wird der Schock sein. Es kann dauern, bis er verarbeitet ist. Du solltest dir dafür genug Zeit zugestehen."

„Ja, aber ich denk, ich müsst doch froh über meine Rettung sein, und das bin ich überhaupt nicht. Ich fühl mich so undankbar."

„Sabine, du hast gestern Entsetzliches durchgemacht. Du warst in akuter Lebensgefahr und du warst mit Karls Mörder konfrontiert."

Bei der Erwähnung von Karl begann Sabine zu weinen. Rumpler nahm sie in die Arme und sie schluchzte wie ein verzweifeltes, verlassenes Kind. Nur ganz langsam kam sie wieder etwas zur Ruhe.

„Es ist so unverständlich und sinnlos, dass Karl hat sterben müssen. Ich hab ihn so geliebt. Er fehlt mir so." Sie weinte wieder, aber nicht mehr ganz so krampfartig wie vorher. Dann richtete sie sich auf, wischte sich die Tränen weg und atmete durch. „Ich bin so froh, dass du zuerst zu mir gekommen bist, Onkel Hans. Ich soll ja meine Aussage machen."

„Aber nur wenn du dich stark genug dazu fühlst. Sonst warten wir einfach noch, bis es für dich passt. Es muss wirklich nicht gleich sein."

„Es geht mir schon besser. Ich will das gleich hinter mich bringen. Bitte ruf deinen Kollegen herein."

Rumpler ging auf den Gang hinaus und holte Moser. „Sabine, ich möcht dir Herrn Moser von der Kripo vorstellen. Ich weiß nicht, ob du ihn gestern in deinem Ausnahmezustand überhaupt registriert hast."

„Guten Morgen, Herr Moser. Sind Edwards und der zweite Mann schon gefasst?"

„Nein, bisher nicht, aber nach ihm und seinem mutmaßlichen Mittäter Schnirch läuft schon seit Stunden eine Großfahndung und es kann nicht mehr lang dauern, bis wir sie haben. Frau Rumpler, ich weiß, das ist alles sehr belastend für Sie, aber ich müsste Ihnen ein paar Fragen stellen und sie, wenn Sie einverstanden sind, auch gleich auf Band aufzeichnen. Ich hab Hans gebeten, als Vertrauensperson dabei zu sein."

Sabine warf ihm einen dankbaren Blick zu.

Moser fuhr fort: „Frau Rumpler, könnten Sie mir bitte die Ereignisse von gestern Abend aus Ihrer Sicht schildern?"

„Als ich gestern Abend gegen neunzehn Uhr dreißig nach Hause gekommen bin, hab ich im Stiegenhaus am Schwarzen Brett einen Anschlag gesehen, wonach wegen der Suche nach einem Gasleck den Mitarbeitern des Gaswerks das Betreten der Wohnungen gestattet werden muss. Etwas später, ich schätze, so gegen zwanzig Uhr dreißig, hat es dann bei mir geläutet. Ich hab die Sperrkette eingeklinkt gelassen und die Tür nur einen Spalt geöffnet. Ein angeblicher Gaswerkmitarbeiter hat mir seinen Ausweis gezeigt und ersucht, die Wohnung betreten zu dürfen. Kaum hatte ich geöffnet, wurde mir ein mit einer Flüssigkeit getränktes Tuch über Mund und Nase gepresst und ich muss dann wohl eine Zeit lang bewusstlos gewesen sein."

„Können Sie den Täter näher beschreiben?"

„Ich schätze ihn auf etwa fünfundvierzig bis fünfzig Jahre, ziemlich groß, vielleicht einen Meter fünfundachtzig, und eher massig. Er hatte längeres dunkelblondes Haar und trug Jeans und einen dunkelgrauen Sweater."

„Das dürfte Schnirch gewesen sein“, dachte Moser. „Und wie ging es dann weiter?“, wollte er wissen.

„Als ich aufgewacht bin, war ich gefesselt, völlig bewegungsunfähig und alles hat mir wehgetan. Es hat stark nach Benzin gerochen und dicht neben mir ist Edwards gesessen, während der Mann, der mich überwältigt hatte, nicht mehr da war. Ich war auch geknebelt und hab daher nicht sprechen und nur sehr schlecht Luft holen können. Edwards hat geredet und geredet, mit leiser Stimme, aber sehr deutlicher Artikulation, er hat Hasstiraden heruntergespult, Hass gegenüber Frauen, die seiner nicht wert seien. Dann hat er begonnen, von seinem Großvater, dem Vater seiner Mutter, zu erzählen, der ins Gefängnis hätte gehen sollen. Edwards' Großvater hat sich dem durch Selbstmord entzogen. Das Entsetzlichste in seiner verrückten Erzählung war für mich, dass seine Tochter, also Edwards' Mutter, auf ihren Vater wegen dieses Selbstmords angeblich auch noch stolz war. Diesen unbeugsamen Stolz und die unverletzliche Ehre hat Edwards immer wieder betont. Dann kam er auf Karl zu sprechen, den er als einen durchaus begabten Menschen bezeichnet hat, der jedoch ein ihm unterbreitetes Angebot, sich durch einen Zugriff auf Goldbestände der GVD zu bereichern, ganz sicher abgelehnt hätte und deshalb sterben musste. Edwards hat ihn an jenem Abend zu einer kurzen Besprechung auf die Terrasse gelockt und Karl vom Dach gestürzt. Um sich ein Alibi zu verschaffen, hat Edwards zur selben Zeit zum Schein ein längeres Telefonat mit Schnirch geführt. Edwards hat Karl als Bauernopfer bezeichnet, das nötig war, um ihm den Weg zum Goldtresor freizumachen. Edwards hat mir dann erklärt, warum ich sterben müsse. Es ging um eine alte Geschichte, an die ich kaum mehr gedacht habe, aus jener Zeit, als Karl noch ganz neu in der Firma war und wir jung verheiratet waren. GVD hat damals ein sogenanntes Incentive-Seminar veranstaltet, bei dem einerseits Führungs- und Schlüsselkräfte der Firma strategische Konzepte besprochen haben, zu dem aber andererseits auch die Partner beziehungsweise Partnerinnen dieser Mitarbeiter eingeladen waren. Für sie hat es ein eigenes Programm gegeben. Die Veranstaltung fand im Winter in einem schönen Hotel in der Nähe vom Semmering statt. Karl wurde verständigt, dass unser Zimmer wegen eines verstopften Kamins etwas verraucht sei und wir das Zimmer wechseln müssten. Er ist vorausgegangen, um unser Gepäck in das neue Zimmer zu schaffen, und hat mir den Schlüsselanhänger mit der neuen Zimmernummer kurz gezeigt, aber ich hab die Nummer nicht gut gesehen und bin irrtümlich in das unversperrte Zimmer von Edwards gelangt. Er wollte diese für mich sehr unangenehme Situation ausnutzen und hat sich zwischen mich und die Tür gedrängt. Ich habe ihm gedroht, um Hilfe zu rufen, aber er hat nur gelacht – ich sei schließlich freiwillig in sein Zimmer gekommen.

Als er mich dann festhalten wollte, hab ich mich mit aller Kraft gewehrt und ihm ziemlich heftig ins Gesicht geschlagen. Er ist getaumelt und ich bin, so rasch ich konnte, aus dem Zimmer gelaufen, während er mir noch hasserfüllt irgendetwas Unverständliches nachgezischt hat. Karl hab ich von der ganzen Angelegenheit nichts erzählt, weil er sich furchtbar aufgeregt und Edwards zur Rede gestellt hätte, und ich wollte nicht, dass er bei seinem neuen Arbeitgeber gleich in Schwierigkeiten kommt. Er war doch so froh über die neue Stelle.

Am nächsten Morgen war Edwards nicht mehr beim Seminar. Es hieß, er sei wegen eines Schwächeanfalls seiner Mutter noch in der Nacht abgereist. Edwards wollte mich für diese aus seiner Sicht unerträgliche Demütigung sterben lassen, und zwar langsam und qualvoll. Dazu hat er sich den Mechanismus mit der Benzinwanne und der Kerze ausgedacht. Er hat gesagt, dass er so auch die Ehre seines Großvaters wiederherstellen könnte. Du, Onkel Hans, hättest ihm beinahe gefährlich werden können, aber es sei ihm gelungen, dich und die Polizei auf eine falsche Fährte zu locken. Außerdem habe er dich durch den erfolgreichen Vorwurf der Kinderpornografie kaltgestellt.

Dann sagte mir Edwards noch, er würde jetzt gehen und in genau einer Viertelstunde würde sich die Wippe wegen der heruntergebrannten Kerze in Bewegung setzen und die Flamme das

Benzin entzünden. Dann ist er gegangen. Es war grauenvoll." Sabine schauderte.

„Edwards muss sich absolut sicher gewesen sein, dass sein Mordanschlag auf Sie erfolgreich ist, sonst hätte er Ihnen nicht alles so genau erzählt."

„Ja, das war er. Und ich hab den Eindruck gehabt, es war ihm wegen seiner Eitelkeit sehr wichtig, seine durch und durch bösartige und aus seiner Sicht geniale Inszenierung mit jemandem zu teilen, der jedoch nichts davon verraten konnte." Sabine wandte sich Rumpler zu. „Onkel Hans, wer ist der Mann, der die Kerze noch im Fallen gefangen hat? Das war wie in einer Filmszene – völlig unwirklich."

„Das ist Max Felsinger, einer der Direktoren von GVD, den ich vor einiger Zeit ins Vertrauen gezogen habe. Seinen erfolgreichen Einsatz verdanken wir seiner sportlichen Vergangenheit beim American Football in den USA. Er hat zum Glück eine traumhaft schnelle Reaktion gehabt, sonst wären wir alle drei gestorben."

„Ja, aber woher habt ihr überhaupt wissen können, dass ich in Gefahr bin?"

„Das ist eine längere und seltsame Geschichte, in der ein Billardturnier im Café Sperl und dazu noch eine ganze Reihe glücklicher Zufälle die Hauptrollen spielen. Ich erzähl sie dir in Ruhe, wenn du wieder aus dem Krankenhaus draußen bist."

Mosers Telefon läutete. Mit einem Handzeichen bat er Rumpler und Sabine um Ruhe, hörte konzentriert zu und verzog sein Gesicht. „Verdammte Scheiße. Entschuldigen Sie, Frau Rumpler. Edwards und Schnirch sind vor ein paar Minuten bei GVD aufgetaucht. Wie ausgemacht hat ihnen niemand Schwierigkeiten gemacht und wir sind auch sofort verständigt worden. Es hat sich aber herausgestellt, dass sie sofort in den Goldtresor gegangen sind, in dem sie sich jetzt gemeinsam mit dem zweiten Sperrführer, also Karls Nachfolger, eingeschlossen haben. Wir sind bereits mit zwei Wagen vor Ort, haben eingeschränkten Sicht- und auch die Möglichkeit zum Sprechkontakt, können aber nicht in den Tresor hinein, ohne dass beide Sperrführer ihre Codes eingeben. Der dritte Mann ist also quasi eine Geisel von Edwards und Schnirch. Komm, Hans, wir müssen los.“

25.

Sie verabschiedeten sich von Sabine und Moser schärfte dem diensthabenden Polizisten ein, auch weiterhin auf seinem Posten zu bleiben, vor allem, weil er Sabine vor sensationshungrigen Reportern schützen wollte. Moser setzte auf das Dach seines Privatfahrzeugs ein Blaulicht und sie rasten in Richtung GVD.

Bereits am Eingang wurden sie von einem Polizeibeamten erwartet, der sie im Laufschritt in die Sicherheitszentrale der Firma begleitete. In dem Raum waren etwa zwanzig Monitore aufgestellt, von denen ein beträchtlicher Teil die Außenhaut des Gebäudes zeigte. Auf einem Monitor, um den sich eine Gruppe von Personen drängte, konnte man einen Hochsicherheitstresorraum erkennen.

Eine Polizistin gab Moser eine Kopie mit dem Plan des Raumes und erklärte auch gleich die entsprechenden Details. „Das hier ist die Eingangstür in den Tresorraum. Sie ist etwa sechzig Zentimeter dick, einige Tonnen schwer, sechzehnfach verriegelt und mit normalen Mitteln praktisch nicht zu knacken. Der Raum selbst besteht aus einem etwa zwei Meter breiten Gang, über den man die einzelnen Schwerlastregale, insgesamt vier mit jeweils etwa sechs Metern Länge, erreicht. Um Platz zu sparen, sind die einzelnen Regale auf Schienen, die in den Boden eingelassen sind, hydraulisch verschiebbar. Die entsprechende Steuerung der Regale ist nur im Tresor selbst möglich, aber nicht von außen. Zu den drei im Tresor Eingeschlossenen haben wir derzeit keinen Sichtkontakt. Nachdem drei der Regale komplett ohne Zwischenraum zusammengeschoben wurden, gehen wir davon aus, dass sich die Personen an dem vom Gang entfernten Ende des Korridors zwischen dem ersten und den anderen drei zusammengeschobenen Regalen befinden."

Moser dankte ihr mit einem Kopfnicken. „Wie kann ich den

Sprechkontakt zu den im Tresorraum Eingeschlossenen herstellen?“

Man zeigte ihm ein Mikrofon. Eine Kontaktaufnahme über Mobiltelefon sei wegen der beinahe vollständigen Abschirmung unmöglich. Im Tresorraum selbst gebe es aber an den Wänden verteilt eine ganze Reihe von Sprechstellen.

Moser schaltete sein Mikrofon ein. „Edwards, können Sie mich hören? Hier spricht die Polizei. Wir fordern Sie auf, mit Schnirch und dem anderen Sperrführer den Tresorraum unverzüglich zu verlassen.“

Es krachte kurz in der Leitung, dann war Edwards' Stimme zu hören. „Mit Ihnen spreche ich nicht. Wenn Sie mich kontaktieren wollen, müssen Sie schon Herrn Rumpler holen.“

Moser blickte kurz zu Rumpler, welcher nickte und das Mikrofon nahm. „Rumpler hier.“

„Herr Rumpler, ich muss zugeben, ich habe Sie unterschätzt. Ich weiß nicht, wie Sie die falsche Fährte, die ich zu Sonja Förster gelegt habe, erkannt haben, aber Sie haben sie gerade noch rechtzeitig durchschaut und letztlich ist es nur das, was zählt. Meinen Respekt.“

„Edwards, Ihre Lage ist hoffnungslos. Geben Sie auf und kommen Sie mit Schnirch heraus.“

„Mit meiner aussichtslosen Lage haben Sie natürlich recht. Ich habe wirklich nichts mehr zu verlieren. Sie aber schon – schließlich gibt es hier unten noch einen jungen Mann, der sehr an seinem Leben hängt. Damit ist meine Position eigentlich besser als Ihre.“

„Edwards, enttäuschen Sie mich nicht. Es gibt Dinge, die sind Ihrer nicht würdig.“

„Herr Rumpler, Sie kennen mich wirklich ziemlich gut. Ich habe Ihnen schon einmal gesagt, wie gerne ich einen Vater wie Sie gehabt hätte. Das gilt jetzt mehr denn je. Vielleicht lasse ich ihn ja um Ihretwillen am Leben.“

„Ich bitte Sie, bei Ihren Entscheidungen auch an Ihre Mutter zu denken.“

Rumpler glaubte, seinen Ohren nicht zu trauen, als er Edwards lachen hörte. „Genau das werde ich tun. Ich verspreche es Ihnen bei meiner Ehre. Leben Sie wohl."

Und mit diesen Worten setzte sich das eine der zwei tonnenschweren, goldbeladenen Regale, zwischen denen die drei Männer eingeschlossen waren, gleichmäßig und unaufhaltsam in Bewegung. Die Zuseher an den Monitoren hielten den Atem an.

Plötzlich rief Edwards: „Laufen Sie um Ihr Leben. Sie bekommen nur diese eine Chance. Vielleicht schaffen Sie es."

Während sich die Regale immer näher aufeinander zubewegten, sah man auf dem Bildschirm plötzlich einen Mann mit Riesensprüngen aus dem sich immer mehr verengenden Korridor jagen.

Noch einmal ertönte Edwards' Stimme, diesmal sehr schrill. „Du kannst stolz auf mich sein, Mutter."

Dann gab es ein hässliches Knirschen und die Regale kamen mit sehr geringem Abstand, viel zu eng für zwei dazwischen eingeschlossene Menschen, zum Stillstand.

Die Zuseher am Monitor waren zunächst wie erstarrt, dann wurde aufgeregt durcheinandergerufen und diskutiert, während Rumpler aufstand, langsam den Raum verließ und auf dem Gang eine Zeit lang auf und ab ging. Edwards war ein entsetzlicher Mensch gewesen, ein mehrfacher Mörder, aber trotzdem tat es ihm leid um das, was aus Edwards vielleicht hätte werden können. Dann atmete Rumpler tief durch, straffte seine Schultern und kehrte wieder in den Überwachungsraum zurück, wo inzwischen bereits die Vorbereitungen für das genau festgelegte Notfallverfahren zur außerordentlichen Tresoröffnung im Gange waren. Moser trat zu ihm. „Du hast den Fall gelöst, Hans. Das war stark. Wirklich stark."

Rumpler nickte nur zögernd. Ja, er hatte trotz seiner persönlichen Betroffenheit funktioniert, es war ein großer Erfolg, Sabine lebte, Felsinger und er selbst lebten, sie wussten, dass Karl nicht Selbstmord begangen hatte, sondern von Edwards ermordet worden war, aber er war nicht froh. Auch wegen Edwards. Und noch viel mehr wegen Alma.

26.

Die Schlagzeilen der Zeitungen des nächsten Tages hatten es in sich. „Erfolgreiche Mörderfalle“, „Doppelmörder wollte Ermittler mit Kinderpornografie ausschalten“, „Überführter Mörder begeht Selbstmord“.

Als Rumpler gegen neun Uhr im Sperl eintraf, brachte ihm die Kellnerin noch vor Entgegennahme seiner Bestellung einen ganzen Stapel Zeitungen, wobei ihr einziger Kommentar ein zufriedenes „Na, alsdann“ war.

Rumpler genoss sein übliches Frühstück, erweitert um zwei Eier im Glas und eine Portion Schinken, mit großer Aufmerksamkeit, las zwischendurch die Zeitungsmeldungen und sah gelegentlich gedankenverloren zum Fenster hinaus. Schließlich winkte er die Kellnerin, Frau Maria, zum Zahlen heran.

„Ihr Herr Gerhard ist sensationell gefahren, Frau Maria.“

„Ja, der ist wirklich in Ordnung. Ich hoff, dass es geholfen hat.“

„Das hat es. Mit einem anderen Fahrer hätten wir es nicht mehr rechtzeitig zum Tatort geschafft. Frau Maria, ich möcht gerne in ein paar Tagen bei mir zu Hause eine kleine Feier machen und dazu sind Sie und Gerhard herzlich eingeladen. Glauben Sie, Sie könnten sich freinehmen und ihn auch gleich verständigen?“

„Das klappt sicher. Vielen Dank für die Einladung.“

Sie vereinbarten ein Datum, Rumpler gab ihr seine Adresse und Telefonnummer und stellte ihr dann die entscheidende Frage. „Frau Maria, was würden Sie denn gern essen?“

„Also, wenn ich mir was wünschen darf – wenn es bei uns zu Hause etwas zu feiern gegeben hat, dann haben wir immer Schweinsbraten gehabt. Mit Kraut und Knödeln.“

„In Ordnung. Dazu gibt's Erdäpfelsalat. Ich bekomm jetzt schon einen Gusto, wenn ich dran denke. Bringen Sie einen ordentlichen Hunger mit“, forderte Rumpler.

„Das mach ich. Und nochmals danke für die Einladung. Ich freu mich sehr."

Nach seinem Frühstück im Sperl hatte Rumpler das Bedürfnis zu gehen, ohne besonderes Ziel, wie er meinte. Also ging er. Wie sich aber bereits nach etwa einer halben Stunde herausstellte, war er wie schon so oft im Volksgarten, seinem Sehnsuchtsort, angekommen. Auch dieses Mal besuchte er das Denkmal der Kaiserin, die da in unvergänglich jugendlicher Anmut saß, und blickte zu den Kinderskulpturen mit den Krügen hinauf. Er dachte an Karl, der zum Mordopfer geworden war, und an Sabine, die um Haaresbreite nicht überlebt hätte. Ein Bild jener messerscharfen, dünnen Brücke, die Leben und Tod und jetzt Sabine und Edwards trennte, stieg in ihm auf. Alles hatte zusammengespielt bei dieser Rettung, jede nur geringste Verzögerung hätte das Ende bedeutet.

Rumpler nahm von der Kaiserin oder vielmehr von den Kinderskulpturen Abschied und schritt die endlose Reihe der juteverhüllten Rosenstöcke ab.

Dem Schicksal und seinen angeblichen Fügungen stand Rumpler in aller Regel sehr skeptisch gegenüber. Oft genug hatte er die Erfahrung gemacht, dass dieses Schicksal sich als launisch wie ein schwerer Alkoholiker erwies, der zwischen Euphorie, dumpfem Brüten, dann wieder übertriebener Freigiebigkeit und anderen unberechenbaren Zuständen hin und her schwankte. Diesmal aber tat er sich mit seiner Skepsis schwer. Er musste sich eingestehen, dass ihn das Schicksal beeindruckt hatte. Sehr sogar. Es war fast wie im Film, nur dass für ihn – und er sah sich als Hauptheld seiner Geschichte – kein Happy End herausgekommen war.

„Alma hat mir doch einen Brief geschrieben", dachte er. Den Brief, der ihn nie erreicht hatte. „Sonja hat ihr sicher sofort gesagt, dass ich keinen Brief von ihr bekommen habe. Aber vielleicht will das Schicksal ja auch in diesem Punkt freundlich zu mir sein und mir den Brief ersparen, in dem Alma mir erklärt, wie leid es ihr tue, mich verletzt zu haben, aber dass sie doch lieber allein bleiben wolle. Der nächste Schritt, falls es je einen solchen geben sollte", dachte Rumpler, „muss von ihr kommen. Wenn er überhaupt kommt."

Obwohl er schon über zwei Stunden unterwegs war, beschloss Rumpler, auch nach Hause zu Fuß zu gehen, was noch gut eine halbe Stunde dauerte. Rosamunde war überraschenderweise nicht ungehalten, dass er länger weg gewesen war, rieb ihren Kopf angelegentlich an seinem Knie, umstrich seine Beine und setzte sich dann in die Küche, um ihr Futter einzufordern.

Nachdem er sie versorgt hatte, rief er Moser an. „Hallo Stinker. Wie läuft es bei euch?"

„Wir sind vor ein paar Stunden in den Tresorraum gekommen. Der zweite Sperrführer ist schwer geschockt, aber unverletzt. Edwards und Schnirch sind von den Regalen völlig zerquetscht worden. Es ist eine entsetzliche Sauerei. Du weißt ja, wie das ist. Hast du heute Abend für mich Zeit? Du musst mir nämlich noch erklären, wieso du plötzlich gewusst hast, dass Edwards es auf Sabine und nicht Sonja abgesehen hat."

„Komm einfach vorbei, wann es für dich passt."

„Sagen wir so gegen sieben Uhr?"

„Bestens. Komm heute mit dem Taxi. Ich möcht mit dir anstoßen."

„Mach ich. Bis bald."

„Bis bald, Stinker."

Kochen wollte Rumpler an diesem Abend nicht, aber er hatte noch ein großes Einweckglas, ein Rexglas, wie solche Gläser früher genannt worden waren, mit selbst gemachter Leberpastete vorrätig. Jedes Jahr zu Weihnachten bekam er von seiner mittlerweile schon über achtzig Jahre alten, aber immer noch sehr lebensfrohen Tante Julie so ein Glas.

Dann musterte er mit einem kritischen Blick seine Weinvorräte und entschied sich für einen schweren Barolo, der schon mehrere Jahre auf einen geeigneten Anlass zur Öffnung gewartet hatte. Er entkorkte die Flasche, schnupperte am Korken und füllte den Inhalt in eine geschliffene Glaskaraffe, um dem Wein Zeit zu geben, sich an der Luft zu entfalten. Trotz seines beträchtlichen

Alters war der Wein erstaunlich klar und von einem tiefen, funkelnden Rot, das viel versprach.

Rumpler entschuldigte sich bei Rosamunde, dass er schon wieder gehen musste, aber nur kurz, wie er ihr erklärte, weil er beim nahe gelegenen Bäcker noch etwas von dessen doppelt gebackenem und deshalb besonders knusprigem Brot kaufen wollte, das ausgezeichnet zu der Leberpastete passen würde.

Schon nach kurzer Zeit war er wieder zurück und vertiefte sich so intensiv in das Heft, das ihm sein fehlendes Moleskinebuch ersetzte, dass er überrascht auf die Uhr blickte, als Moser läutete.

„Hallo Hans, ich bin mit dem Taxi gekommen, wie du gesagt hast."

„Hallo Stinker. Das ist gut. Ich hol gleich den Wein. Geh bitte inzwischen ins Wohnzimmer – du kennst ja den Hausbrauch." Rumpler brachte die Karaffe und schenkte zwei Gläser ein. „Es war gut, wieder mit dir zusammenzuarbeiten, Stinker. Wie in unseren alten Zeiten."

„Und du bist mit dem Älterwerden anscheinend noch ausgefuchster als früher geworden. Warum hast du plötzlich gewusst, dass uns Edwards in die Irre führen will?"

„Lass uns zuerst einmal anstoßen. Auf das Leben!"

„Zum Wohl", sagte Moser, dem Rumpler mit seinem Trinkspruch etwas zu feierlich vorkam.

Als der rubinrote Wein schrittweise seine erstaunliche Kraft entfaltete, schwiegen beide anerkennend.

Dann sagte Rumpler in Beantwortung von Mosers Frage: „Auslöser war für mich ein Erlebnis im Café Sperl. Wie du weißt, war ich gestern Abend mit Felsinger dort, während ihr bei Sonja auf einen Angriff durch Edwards oder Schnirch gewartet habt. Es hat ein Billardturnier gegeben, bei dem ein Spieler völlig überzeugend so getan hat, als würde er auf eine Kugel zielen. Er hat dann aber doch die andere im Visier gehabt und sie auch präzise getroffen. Er hat also sowohl seinen Gegner als auch die Zuseher durch sein Zielen getäuscht. Ich hab dabei sofort an Edwards gedacht, dem solche Täuschungsmanöver durchaus zuzutrauen waren, und mir ist eine ganze Reihe von Szenen wie ein Film durch den Kopf gegangen. Auf dem Begräbnis meines Neffen hat Edwards Sabine kondoliert und sie ist damals wie von einem leichten Schauder geschüttelt worden. Ich wollt sie noch danach fragen, hab es aber doch bleiben lassen. Es war damals ein kalter Tag und das konnte durchaus die Erklärung für Sabines Schauder sein. Mittlerweile wissen wir aber, dass sie ihn wegen seines Übergriffs auf dem Seminar geschlagen hat, und durch diese vermeintliche Demütigung muss sich in Edwards der Plan einer tödlichen Rache an Sabine festgesetzt haben. Dann war da der Punkt, dass Edwards mich auf seine gute Vernetzung mit der Polizei hingewiesen hat. Ich bin überzeugt, dass das tatsächlich gestimmt hat, und es ist daher davon auszugehen, dass er von der Überwachung seines Mobiltelefons und des Telefons von Schnirch gewusst hat. Er konnte für uns so durch eine nicht allzu kompliziert verschlüsselte Nachricht ganz gezielt eine Spur in Richtung Sonja legen. Ein starkes Motiv, Sonja aus dem Weg zu räumen, hatte er, weil er wusste, dass sie mit uns kooperiert. Seit seiner Kinderpornoaktion war mir klar, dass er mich in letzter Zeit unglaublich genau überwacht haben muss und mich nur deshalb so präzise treffen konnte. Gleichzeitig hat er damit aber auch von Sonjas Zusammentreffen mit uns gewusst. Sie hätte daher seinen Plänen, Gold an sich zu bringen, gefährlich werden können. Ich bin überzeugt, Edwards hatte es in Wirklichkeit auf beide abgesehen. Er wollte zuerst Sabine und dann Sonja ausschalten."

„Gut, dass er tot ist", sagte Moser schlicht.

„Ich hol uns eine Kleinigkeit zum Essen, damit uns der Wein nicht zu Kopf steigt", sagte Rumpler und ging, von Rosamunde eilig begleitet, in die Küche, holte das vielversprechende Glas der Tante Julie, schnitt Brot auf und kehrte mit allem wieder ins Wohnzimmer zurück. Rosamunde war in der Küche geblieben und beschwerte sich vernehmbar. Rumpler verstand sie nur zu gut, entschuldigte sich kurz bei Moser und beeilte sich, sie mit einem Stück Schinken zu besänftigen.

Als er dann das Glas öffnete, das oben mit einer Fettschicht versiegelt war, und mit dem Messer etwas Leberpastete herausholte, entfaltete sich ein köstlicher Duft, der Moser anerkennend mit der Zunge schnalzen ließ.

„Die einfachen Dinge sind oft die besten", sagte Rumpler.

„Da hast du recht", entgegnete Moser.

Sie aßen in schweigender Andacht und nahmen nur dann und wann einen Schluck Wein. Knapp vor Mitternacht verabschiedete sich Moser und ging.

Als Rumpler geduscht hatte und zu Bett gegangen war, streifte ihn vor dem Einschlafen der seltsame Gedanke, der Fall sei noch immer nicht gelöst, obwohl er es doch besser wusste.

27.

Gleich am nächsten Morgen war genau dieser Gedanke wieder da, er quälte Rumpler wie eine lästige Fliege, die sich nicht verscheuchen ließ. Auch nach dem Tod von Edwards und der umfassenden Aussage von Sabine blieb der Fall für ihn nämlich trotzdem irgendwie rätselhaft.

Er musste seine Gedanken ordnen und das konnte er am besten im winterlichen Volksgarten, den er sogleich aufsuchte. Rumpler dachte zunächst an Karl. Karl war der Ausgangspunkt. Er hatte sterben müssen, als Bauernopfer von Edwards. Dieser hatte Karls vermeintlichen Selbstmord wie ein Regisseur wirklich perfekt in Szene gesetzt. Durch das Telefonat mit Schnirch hatte er für sein Alibi gesorgt. Er hatte weiters durch die Unterstellung, Karl hätte eine kleine Menge Gold unterschlagen, die Leitung von GVD dazu gebracht, die Angelegenheit vor der Polizei strikt geheim zu halten und gleichzeitig Karls gesundheitliche Probleme als Motiv für seinen Selbstmord zu betonen und damit unwissentlich einen Mord zu decken – ein wirklich genialer Schachzug. Schließlich hatte Edwards sich durch den Auftrag zur Entwicklung eines neuen Sicherheitssystems de facto freien Zugang zu den Beständen des Goldtresors gesichert. Ob er schon Gold an sich gebracht hatte, und wenn ja, wie viel, war Rumpler und auch der Polizei nicht bekannt.

Der ganze Plan zeigte einen präzise festgelegten Ablauf, den Edwards auf einer Reihe von Einschätzungen aufgebaut hatte, die sich letztlich alle als zutreffend erwiesen hatten. Er hatte sein Ziel erreicht. Dazu kam, dass er den als Gefahr für seine Pläne erkannten Rumpler durch den erfolgreichen Vorwurf der Kinderpornografie nicht nur mundtot gemacht, sondern auch persönlich schwer getroffen hatte. Und jetzt kam das Unverständliche: Gerade als Edwards nach seinem Sieg auf allen Linien den wirtschaftlichen Erfolg seiner Verbrechen ungestört hätte lukrieren können, gab er seinen Verfolgern von sich aus einen Hinweis, dass er Sonja im Visier hätte, ein Ablenkungsmanöver, wie sie jetzt wussten, und verübte einen Mordanschlag auf Sabine, der mit so viel Hass ausgeführt war, dass er auf eine starke gefühlsmäßige Komponente hinwies, eine schwere Kränkung im seltsamen Innenleben von Edwards. Auch hierbei war er zwar mit präziser Planung vorgegangen, trotzdem passte dieses Verbrechen überhaupt nicht zum ersten, zumal es dessen Erfolg nicht nur gefährdete, sondern gänzlich zunichtemachte. Rumpler war sicher, dass Edwards, diesem Meister der Kybernetik, nichts „passiert" war, sondern dass auch das, was Rumpler nicht verstand, einem Plan gefolgt war, der seinen eigenen Gesetzmäßigkeiten unterworfen war.

Rumpler war unzufrieden. Der Fall war offiziell geklärt, er selbst hatte seine Zähigkeit und vor allem auch seine Intuition, wie schon in früheren Fällen, eindrucksvoll unter Beweis gestellt, und trotzdem war die Sache für ihn nicht stimmig und der Fall damit auch nicht wirklich abgeschlossen. Warum hatte Edwards nach seinem durchschlagenden Erfolg dieses unglaubliche Risiko auf sich genommen?

Zur Verblüffung von zwei anderen Parkbesuchern blieb Rumpler abrupt stehen, starrte minutenlang den vor ihm liegenden Theseustempel an und gleichzeitig durch ihn hindurch und plötzlich war es ihm klar, ohne dass er es hätte begründen können: Edwards hatte sowohl den Mordanschlag als auch seinen Selbstmord verübt, weil er es so und nicht anders geplant hatte. Es war nie seine Absicht gewesen, mit der kriminellen Aneignung des Goldes und auch mit dem Mordanschlag davonzukommen. Ganz im Gegenteil. Der Schlüssel dazu musste in Edwards' seltsamer innerer Welt liegen, deren Türen jetzt für immer verschlossen bleiben würden.

Rumpler war unzufrieden wie ein alter Jagdhund, dem eine Fährte nach langer, erfolgreicher Suche plötzlich abhandenkommt. Bis er an den Brief dachte, jenen Brief von Edwards'

Mutter an ihren Sohn, dessen Kopie Moser ihm im Krankenhaus hatte geben wollen. Dazu war es wegen des überstürzten Aufbruchs zu GVD nicht gekommen, und nachdem sich dort die Ereignisse dann überschlagen hatten, hatte Rumpler den Brief vergessen. Das konnte der fehlende Schlüssel sein, nach dem er suchte.

Er rief Moser sofort an. „Hallo Stinker. Ich hab ganz auf den Brief vergessen, den du mir geben wolltest. Den von Edwards' Mutter an ihren Sohn."

„Servus, Hans. Du hast natürlich recht. Nach der Aufregung bei GVD hab ich nicht mehr dran gedacht. Kannst du auf einen Sprung bei mir vorbeikommen, dann geb ich dir gleich die Kopie?"

„Ich bin in einer halben Stunde bei dir."

„Bis dann."

Als Rumpler das Polizeipräsidium betrat, begegnete er einigen jüngeren Beamtinnen und Beamten, die er nicht kannte. Er wurde ausnehmend freundlich gegrüßt und hörte im Vorübergehen öfter ein leises Tuscheln, das vermutlich mit seinem erfolgreichen Einsatz, der jetzt wohl Tagesgespräch war, zusammenhing.

Rumpler klopfte an Mosers Tür und öffnete auf das gebellte „Herein!", dem ein „Ah, du bist das. Hallo Hans" folgte.

„Hallo Stinker."

„Ich weiß nicht, ob du es schon gemerkt hast, aber du bist derzeit hier im Haus so etwas wie eine lebende Legende."

Rumpler fasste Moser scharf ins Auge, um festzustellen, ob ihn dieser auf den Arm nehmen wollte. Nichts dergleichen.

Moser fuhr fort. „Du bist das Tagesgespräch, Hans. Dir macht keiner was vor."

Rumpler brummte halb zufrieden, halb verlegen etwas Unverständliches. „Hast du die Kopie für mich, Stinker?"

„Ja, und ich hab noch was anderes für dich." Moser griff in seine Schreibtischlade, zog die Briefkopie und dann noch ein Moleskinebuch heraus. „Wir haben es bei Edwards gefunden."

Die Rückgabe seines Moleskinebuches machte Rumpler mehr

Freude, als er für möglich gehalten hätte. Er bedankte sich. „Stinker, am Samstag in zwei Wochen mach ich bei mir zu Hause eine kleine Feier. Am Nachmittag gibt's eine Kaffeejause und am Abend Schweinsbraten. Kannst du kommen? Ich würd mich sehr freuen."

„Wenn du kochst, immer."

„Sonja, Max Felsinger und noch ein paar Gäste werden da sein. Und natürlich Sabine. Passt es für dich am Nachmittag so gegen vier?"

„Ja, bestens."

„Ich geh jetzt übrigens ins Café Rathaus, eine Kleinigkeit essen, weil ich schon ganz ausgehungert bin. Hast du vielleicht Zeit für einen Kaffee?"

„Das ist ein ausgezeichneter Vorschlag. Ich muss hier noch höchstens eine halbe Stunde auf eine Nachricht warten, aber dann komm ich gerne nach."

„Schön, dann bis bald."

Rumpler hatte es eilig, den Brief zu lesen, der für ihn vielleicht der fehlende Schlüssel zu Edwards' nicht verständlichem Verhalten war, seine letzte Chance zur wirklichen Klärung des Falles. Nachdem er von seinem längeren Spaziergang schon ziemlich müde war, war er froh, als er das Café Rathaus endlich erreicht hatte, jenes Kaffeehaus, in dem er vor kaum sechs Wochen – unvorstellbar, was seither alles passiert war – mit Moser gesessen war und ihn um Hilfe in einem für die Polizei eigentlich schon abgeschlossenen Fall gebeten hatte.

Rumpler bestellte geröstete Knödel mit Ei, ein Essen, das er schon als Kind geliebt hatte, während er damals bei Fleischgerichten immer sehr skeptisch gewesen war, was deren Qualität anbelangte. Im Gegensatz zu seinen Eltern, die flachsiges oder fettes Fleisch häufig mit Sprüchen wie etwa „Das gibt Kraft" oder „Das ist das Beste vom Fleisch" kommentiert hatten, war Rumpler als Nachkriegskind nicht mehr auf eine möglichst hohe Kalorienzufuhr aus gewesen.

Während er auf seine Mahlzeit wartete, zog er die Briefkopie, die ihm Moser gegeben hatte, aus der Tasche, entfaltete sie langsam, zeigte ein unmerkliches Glimmen in den Augen, als er die dunkle, unregelmäßige Spur bemerkte, die sich von oben nach unten über das Blatt zog, und begann mit großer Sorgfalt den Text, der in gestochen scharfer Handschrift geschrieben war, zu lesen.

Mein geliebter Alexander!

Du bist heute achtzehn Jahre alt geworden, stark und erwachsen genug, um zu verstehen, was ich dir als Vermächtnis mitgeben möchte. Vor sechs Jahren ist dein Vater gestorben. Ich weiß, das klingt hart, aber es war gut so. Er war schwach bis ins Mark. Wenn er dachte, er sei gefühlvoll, war er doch nur kitschig-sentimental, er hat uns, dir und mir, nie wirklich gutgetan. Ich bin so froh, dass ich nicht seinen Namen angenommen habe und dass du deshalb genauso heißt wie dein Großvater. Dein Vater war einfach schlechtes Material.

Du, Alexander, bist zum Glück völlig anders. Du bist ganz nach deinem Großvater geraten, den du leider nie kennengelernt hast und über dessen Leben und Sterben ich dir deshalb berichte, damit du weißt, an wem du dich orientieren kannst, wenn du Orientierung brauchst. Ich übergebe dir mit diesem Brief auch die Tagebücher meines Vaters, die mir geholfen haben, vieles zu verstehen, was ich als Kind noch nicht verstanden habe.

Dein Großvater hatte einen eisernen Willen und einen unbändigen Stolz. Meine Mutter war ihm unter keinem Aspekt gewachsen, eine verhärmte und ausgelaugte Frau, die nur ein Schattendasein führte und ihn in seiner Großartigkeit überhaupt nicht verstand. Ich selbst habe immer gewusst, was ihm gefallen hätte, ich verstand ihn so gut, aber ich war ja nur ein Kind. Die Frauen müssen von ihm fasziniert gewesen sein, von seiner Schönheit, seiner Kraft und Entschlossenheit. Er nahm sie, wie er wollte, und er ließ sie wieder fallen, weil sie sich als seiner nicht würdig erwiesen – üble, berechnende Kreaturen, wie ich aus seinen Tagebüchern erfahren habe. An eine Eintragung kann ich mich noch genau erinnern. Ein Mädchen, das er wollte, hatte ihn nicht nur zurückgewiesen, sondern auch noch öffentlich gedemütigt. Er muss furchtbar und zugleich faszinierend gewesen sein in seinem Zorn. Sein Hass auf sie war grenzenlos. Er hätte sie totgeschlagen, wenn nicht jemand zufällig dazugekommen wäre und eingegriffen hätte. Als ich das Tagebuch las, verstand ich ihn so gut. Ich wollte, dass sie tot wäre, um seinetwillen. Sie verdiente ihren Tod, einen schrecklichen Tod, ich hätte sie am liebsten wie eine Hexe verbrennen lassen, um meinem Vater Genugtuung zu verschaffen.

Dank seiner Willenskraft und Härte hat es mein Vater während des Krieges weit gebracht und unsere Familie wurde sehr reich. Wir wohnten in einer großen Villa und waren von Kunstwerken, Teppichen und kostbaren Möbeln umgeben. Als ich noch ziemlich klein war, vielleicht neun oder zehn Jahre, zeigte mein Vater mir einmal einen gepanzerten Schrank, in dem er unzählige Goldmünzen aufbewahrte. Ich war unsagbar stolz auf ihn und seinen Goldschatz.

Dann ging der Krieg verloren und alles war anders. Vater musste nicht nur das Haus hergeben, sondern auch den gesamten Reichtum – man hat uns alles genommen, auch das Gold. Er kam nicht einmal mehr dazu, für unsere Familie eine würdige Ruhestätte errichten zu lassen, obwohl seine Pläne dafür bereits fertig vorlagen. Sie kamen, um ihn zu verhaften und ins Gefängnis zu bringen, aber er hätte sich bei seinem Stolz nie einsperren lassen, nahm stattdessen eine vorbereitete Giftkapsel und starb. Für mich war es kaum zu ertragen, dass er in einem ganz einfachen Grab beigesetzt wurde, obwohl er eine angemessene Gedenkstätte verdient hätte.

Aber zumindest konnte ihm die Polizei nichts anhaben. Ich war so stolz auf ihn und seine Unbeugsamkeit. Und ich bin stolz auf dich, mein geliebter Alexander, weil ich immer mehr erkenne, dass du alle seine Begabungen, aber auch seinen Stolz geerbt

hast. Du bist zu Großem, nein, zu Größtem berufen! Zeige dich immer deines Großvaters würdig.
In Liebe
deine Mutter

Rumpler legte den Brief weg und starrte ins Leere. Das also war der Schlüssel zu Blaubarts geheimer Kammer, jener Schlüssel, mit dem sich alle seine Verbrechen erschlossen. Rumpler schauderte bei dem Gedanken an Edwards' Mutter, die ja noch am Leben war, aber eigentlich schon tot. Ihre Gefühle mussten schon gestorben sein, als sie noch ein kleines Kind gewesen war. Sie hatte sich für ihren fürchterlichen und zugleich charismatischen Vater als Ersatzpartnerin gefühlt, eine Prinzessin, die auch Königin sein wollte, während ihre Mutter, die sie so dringend gebraucht hätte, nur ein ohnmächtiges Schattendasein fristete. Und als ob das alles nicht schon schlimm genug gewesen wäre, wiederholte sich diese entsetzliche Familiengeschichte mit der Unausweichlichkeit einer griechischen Tragödie in der nächsten Generation, nur mit geänderten Vorzeichen. Edwards' Mutter heiratete unbewusst einen Mann, der so schwach und ohnmächtig war, dass er nie ihren Heldenvater vom Podest stoßen würde. Gleichzeitig erzog und verhätschelte sie ihren Sohn zum Prinzen, sie machte ihn, der ihrem Vater so verblüffend ähnlich war, zu ihrem Ersatzpartner und zwang ihn dadurch in eine unerträgliche, aber natürlich für den kleinen, hochbegabten Alexander auch durch und durch faszinierende Rolle. Mit ihrem Brief musste dann für ihn alles in Bewegung gekommen sein. Sie hatte ihm damit ein Instrument in die Hand gegeben, sein entsetzlich einsames, zwischen Größenwahn und Selbsthass zerrissenes, nur auf die Mutter ausgerichtetes Leben mit scheinbarem Sinn erfüllen und zugleich beenden zu können. Er war in seinem weiteren Leben, bis hin zu seiner Berufswahl, den Spuren seines Großvaters gefolgt, hatte sich dessen Aufgaben nochmals unterzogen und ihn in allem, selbst dem Tod, übertroffen, um seiner Mutter das denkbar größte Opfer zu bringen.

„So sinnlos und so ausweglos“, dachte Rumpler.

Als er aufblickte, sah er Moser mit einer Mappe unter dem Arm und den Kellner mit den leicht dampfenden gerösteten Knödeln auf sich zukommen. Er war froh, aus seinen schweren Gedanken herausgeholt zu werden. Moser blickte begehrlich auf Rumplers Knödel und bedeutete dem Kellner, ihm ebenfalls eine Portion zu bringen. Er sah, dass sein Freund die Briefkopie noch in der Hand hielt.

„Na, was sagst du dazu?“, wollte er wissen.

„Ein schauerlicher Brief. Ich glaube, Edwards war von seiner Großartigkeit völlig überzeugt und absolut ohne Mitgefühl, sodass er sich berechtigt fühlte, auch fürchterliche Dinge zu tun. Er war in gewisser Weise genial, aber auch sehr krank. Es ist trotz allem schade um ihn.“

Moser sah ihn befremdet an und Rumpler versuchte eine etwas lahme Erklärung. „Ich mein, schade um das, was aus ihm hätt werden können. Ich hab das Gefühl, dass im Fall von Edwards eine alte Familiengeschichte wirksam war und er sich berufen fühlte, die Werke seines Großvaters zu vollenden, um es seiner Mutter recht zu machen.“

„Gut, dass er tot ist“, sagte Moser schlicht.

„Ja“, stimmte ihm Rumpler zu, was ihm problemlos gelang, weil er in diesem Augenblick an Sabine dachte. „Trotzdem weiß ich, dass mich von ihm, aber auch von vielen anderen Mördern gar nicht so viel trennt“, fuhr Rumpler fort, „ein paar Weichenstellungen vielleicht, aber sonst …“

„Du warst in solchen Fragen immer schon komisch“, unterbrach ihn Moser entschieden. „Iss jetzt deine Knödel. Es wär schad, wenn sie kalt werden.“

Rumpler gab ihm recht und widmete sich seinem Essen.

Moser wartete, bis er fertig gegessen hatte. „Ich hab noch was für dich mitgebracht, Hans. Hier findest du die Ergebnisse der Hausdurchsuchung bei Edwards. Ich glaub, das wird dich interessieren.“ Er übergab Rumpler die Mappe, der sie aufschlug. Ein Foto nahm seine Aufmerksamkeit sofort gefangen. Es zeigte eine schwere, dunkle, reich geschnitzte Kommode mit einer schwarzen Marmorplatte, auf der in einer fast altarartig anmutenden Aufstellung der aufwendig gerahmte Brief, dessen Kopie Rumpler zuvor in Händen gehalten hatte, ein kleiner Stapel dünner, in Leder gebundener Bücher, eine auf einem Steinsockel montierte Totenmaske aus Gips und ein einzelnes schwarzes Moleskinebuch lagen. Rumplers Blick auf die beiliegende Beschreibung war eigentlich nicht notwendig, er diente ihm nur mehr zur Bestätigung dessen, was er ohnedies schon wusste. In diesem makabren Allerheiligsten hatte Edwards den Brief und die Gipsmaske seiner Mutter, die Tagebücher seines Großvaters und Rumplers Moleskinebuch aufbewahrt.

Rumpler blätterte in den Unterlagen weiter. Von der Maske existierte ein eigenes, sehr detailliertes Foto, auf dem die am Sockel angebrachte Inschrift zu lesen war: „Meinem geliebten Alexander zum zehnten Geburtstag. Ich bin immer bei dir. In Liebe deine Mutter."

Dieses Geschenk für einen zehnjährigen Buben ließ Rumpler schaudern. Er wusste um die in Österreich in vergangenen Jahrhunderten durchaus weit verbreitete Herstellung von Totenmasken, die aber jetzt kaum mehr erzeugt wurden. Die fürchterliche Symbolik lag für Rumpler darin, dass sich Edwards' Mutter eine solche Maske zu Lebzeiten hatte abnehmen lassen und damit auch ein Abbild ihres Seelenzustands geschaffen hatte, ein gipsernes Symbol der Erstarrung und des Todes, das sie ihrem Sohn geschenkt hatte in einem Alter, in dem andere Buben einen Fußball oder vielleicht ein Modellflugzeug bekamen. Die Tatsache, dass Rumplers Moleskinebuch ebenfalls auf dieser Kommode lag, die Edwards' wichtigste Besitztümer, seine Schlüsselobjekte, wie er dachte, trug, ging ihm, dem Kinderlosen, nahe, weil es für ihn die entsetzliche Einsamkeit des Mannes widerspiegelte. Er hütete sich aber, etwas darüber zu sagen, um Moser nicht neuerlich herauszufordern, bedankte sich nur für die Informationen, die das Bild abrundeten, wie er sagte, und gab seinem Exkollegen die Mappe zurück.

28.

Als Rumpler das Café Rathaus verließ, ging er ein Stück seines Heimwegs zu Fuß, entlang der sogenannten Zweierlinie, einer Straßenbahnlinie, die schon längst durch eine U-Bahn ersetzt worden war, nur der Name war geblieben. Er hatte Moser irritiert, wieder einmal, durch seine komischen Ansichten und Rumpler verstand seinen Freund sehr gut. Die meisten seiner früheren Kollegen hielten sich an ein Modell, eine Art inneres Gerüst, indem sie zwischen sich und den Verbrechern, die sie verfolgten, eine unüberwindliche Trennlinie zogen, die das Gute vom Bösen schied, ganz wie im Film. Sie konnten ihre Arbeit nur dadurch erfolgreich verrichten, dass sie ganz anders waren als jene, die sie verfolgten, nur durch diese Polarität ertrugen sie den Blick in die Abgründe, mit denen sie immer wieder konfrontiert waren. Kein Wunder also, dass Rumpler sie verstört hatte, indem er im Gegensatz zu ihnen davon überzeugt war, dass er seine kriminalistische Arbeit nur deshalb erfolgreich leisten konnte, weil er denen, die er verfolgte, so ähnlich war. Er war sich dessen bewusst, dass die Abgründe, vor denen es ihn schauderte, seine eigenen Abgründe waren, alles Schreckliche, jede Bosheit, jede Grausamkeit war auch in ihm, so wie in jedem Menschen alle Arten von Krankheiten latent vorhanden sind, ohne notwendigerweise auszubrechen. Als junger Beamter hatte er mit dieser Tatsache, als die er sie heute sah, noch gerungen, sie nicht zur Kenntnis nehmen wollen, weil sie ihn jenen so ähnlich machte, deren Verfolgung er sich verschrieben hatte, ein unerträglicher Zustand, wie er damals dachte. Viel später erst hatte er in einem langen Gespräch mit einem mittlerweile verstorbenen Kollegen den Schlüssel in die Hand bekommen, der es ihm ermöglichte, mit dieser Spannung umzugehen, indem er sich bei Entdeckungen auf seinen Wanderungen in sein Inneres jeglicher Wertung enthielt und solche früher oft gebrauchten Wertungen durch ein einziges Wort ersetzte, nämlich das Wort „interessant". Seit jenem Zeitpunkt war es für Rumpler nicht mehr schlimm, dass er Feuerbestattungen nicht mochte und daher nur schwer ertrug, sondern es war interessant.

Erst als Rumpler Frieden mit dieser seiner Ähnlichkeit mit den Verbrechern geschlossen hatte und er auch diese Ähnlichkeit interessant fand, wusste er, wie viel Kraft es ihn vorher gekostet hatte, sich dagegen zur Wehr zu setzen. Anders als er befürchtet hatte, war es keine Kapitulation, sondern eine Befreiung gewesen. Als Rumplers Kollegen seine Veränderung bemerkten und davon irritiert waren, fand er auch deren Reaktion interessant, enthielt sich zugleich aber jeglicher Wertung darüber. Seine Erinnerungen an diese Erlebnisse ließen ihn lächeln.

Als er zu Hause angekommen war, begann er nach der obligatorischen Begrüßung von Rosamunde mit der Planung des Festessens, was große Sorgfalt erforderte. Es würde zwar nur sogenannte Hausmannskost geben, Schweinsbraten mit Erdäpfelsalat, dazu noch Kraut und Knödel, aber auch das war bei aller vordergründigen Einfachheit ein weites Feld. Die erstklassige Qualität des Fleisches war entscheidend. Rumpler beschloss, das Schweinerne in drei Varianten zu machen. Es würde ein ganz mageres Stück Karree und ein durchzogenes Stück Schopfbraten geben, beides mit dem unverzichtbaren Schwartl, außerdem noch Ripperl mit ordentlich Fleisch daran. Für den Erdäpfelsalat würde er zum Anrühren der schon geschnittenen, unbedingt noch warmen Erdäpfel etwas Suppe brauchen, weshalb er beschloss, gleich eine größere Menge Rindssuppe zu machen, die er vor dem Hauptgang mit den klassischen Einlagen – Frittaten und Grießnockerln – servieren konnte. Dabei war ein ordentlicher Fettgehalt unverzichtbar, weshalb Rumpler beschloss, ein größeres Stück Beinfleisch zu nehmen, das gemeinsam mit den „Knochen aller Art", wie Rumpler sie immer bei seinem Fleischhauer bestellte, für eine kräftige Suppe sorgen würde. Die Knochen, das Wurzelgemüse und ungeschälte halbierte Zwiebeln würde er langsam ziemlich dunkel anrösten, um seiner Suppe den erwünschten schönen goldbraunen Farbton zu geben.

Rumpler wurde hungrig.

Für das Kraut würde er zunächst braunen Rohrzucker in etwas Öl erhitzen, dann eine fein geschnittene weiße Zwiebel und nach ein paar Minuten das Kraut hinzufügen, das Ganze bei nicht zu hoher Temperatur leicht vor sich hin simmern lassen und es von Zeit zu Zeit mit etwas Weißwein aufgießen.

Eben als Rumpler sich der erfreulichen Vorstellung hingab, wie er anlässlich dieses Aufgießens auch das eine oder andere Glas für den Koch abzweigen würde, stupste ihn Rosamunde an und meldete Hunger. Und zwar großen. Rumpler verstand sie nur zu gut und richtete für beide eine Mahlzeit. Sie bekam etwas fein gehacktes Putenfleisch, für ihn war noch eine Portion Leberpastete im wundertätigen Glas der Tante Julie, auf deren Wohl er bei dieser Gelegenheit ein Glas Weißburgunder trank. Jetzt erst, nachdem der Fall auch aus Rumplers Sicht wirklich gelöst war, fühlte er eine Welle von Müdigkeit heranrollen. Trotzdem wollte er auf Grundlage seiner derzeit noch frischen Eindrücke und Erinnerungen sein wiedergekehrtes Moleskinebuch vervollständigen.

Die Kopie des Briefes von Edwards' Mutter faltete er sorgfältig so zusammen, dass sie genau in das Buch passte. Was Rumpler noch immer staunen ließ, während er seine Eintragungen begann, war die Tatsache, wie zähflüssig sich dieser Fall zunächst entwickelt hatte, um später auf geradezu aberwitzige Weise Fahrt aufzunehmen. Rückblickend war es sicher sein wichtigster Fall gewesen, vor allem wegen Sabine, ein Fall, der trotz seiner belastenden und schrecklichen Aspekte zugleich auch großartig gewesen war, weil er ihn so extrem gefordert hatte, bis an die Grenzen seines Einfallsreichtums und vor allem seines Durchhaltevermögens. Jetzt war die Zeit zur Ernte seines Erfolgs gekommen, diese schwierige Zeit, ähnlich wie nach einer anspruchsvollen Prüfung oder einem harten Wettkampf. Nach dem Erfolg, und die Lösung dieses Falls war zweifelsfrei ein großer Erfolg gewesen, kam immer das schwarze Loch, die Sinnfrage. Rumpler kannte diesen Zustand sehr gut, schon von vielen früheren Fällen, aber mit dem Älterwerden stellte sich ihm immer auch noch eine zusätzliche Frage, nämlich ob das vielleicht der letzte, sein letzter Fall gewesen sei.

„Wir wissen es nicht, Alte", sagte er zu Rosamunde, die sich zu ihm gesetzt hatte und sich mit großer Sorgfalt den Bart putzte.

„Wir müssen nicht alles wissen", sagte ihr Blick und wie so oft gab er ihr recht.

Nachdem es mittlerweile beinahe zwei Uhr morgens war, legte sich Rumpler nieder und schlief auch sogleich ein.

In dieser Nacht träumte er von seiner verstorbenen Frau einen seltsamen und zugleich sehr schönen Traum. Auch in diesem Zustand wusste er, dass sie gestorben war, aber trotzdem saß er mit ihr irgendwo in den Bergen, vielleicht in Südtirol, vor einer Hütte auf einer Terrasse, die von einer späten Nachmittagssonne gewärmt wurde. Er sah Elsa von der Seite an, staunte über die rotgoldenen Lichtreflexe in ihrem Haar. Sie war nicht jung, sondern alterslos, mit einem völlig gelösten Lächeln. Er hütete sich, sie in diesem verzauberten Moment anzusprechen, sondern sah sie nur an und hatte das Gefühl, jetzt erst ganz zu verstehen, wer sie wirklich war, obwohl er sie doch so gut gekannt hatte wie sonst keinen Menschen.

Als er am nächsten Morgen erwachte, hatte er immer noch ihr zauberhaftes Bild vor Augen, er wusste, dass es sich nicht halten lassen, aber für ihn auch nie mehr verloren gehen würde, und lächelte.

29.

Als er zum Frühstück ins Café Sperl kam, bestellte er zusätzlich zu seiner üblichen Melange und den zwei Buttersemmeln eine Eierspeise von drei Eiern. Im Sperl verstand man sich noch auf die Zubereitung einer richtigen Eierspeise nach Wiener Art, die aus Rumplers Sicht keinesfalls zu fest sein durfte. Außerdem durften Dotter und Eiklar auf gar keinen Fall zu homogen verrührt sein. Ohne dass Rumpler extra darum ersuchen musste, brachte ihm die Kellnerin mit der Eierspeise auch gleich eine Pfeffermühle. Rumpler ließ seine Finger spielerisch über die glatte Oberfläche gleiten. Sie erinnerte ihn an etwas, aber er wusste nicht, was es war. Er umfing die Mühle mit seiner Hand und schloss kurz die Augen. Dann war es ihm plötzlich klar. Die Form der Mühle hatte eine gewisse Ähnlichkeit mit dem Pokal auf dem Gießereizeichen des alten Sevkovics. Obwohl er dafür keinen wirklichen Grund hätte benennen können, beschloss Rumpler spontan, Sevkovics nochmals aufzusuchen, um mit ihm zu sprechen.

Als er zur Gießerei kam, sah sie nicht anders aus als bei seinem letzten Besuch. Allerdings war diesmal sein Rütteln an der Tür vergeblich – sie war versperrt. „Wahrscheinlich hat Sevkovics seinen letzten Auftrag, von dem er gesprochen hat, schon erledigt", dachte Rumpler, ging aber dann doch in die schräg gegenüber der Gießerei liegende Trafik, um nachzufragen. Die Trafikantin freute sich sichtlich, einen Gesprächspartner gefunden zu haben.

„Ganz komisch ist das. Der Herr Sevkovics hat mir noch extra versprochen, dass er sich von mir verabschiedet, bevor er endgültig zusperrt. Er wollt ja nur mehr einen einzigen Auftrag fertigstellen, einen sehr lukrativen Auftrag, wie er betont hat. ‚Wenn das klappt, dann hab ich für Sie ein sehr schönes Abschiedsgeschenk', hat er zu mir gesagt und dann ist er einfach mir nichts, dir nichts nicht mehr gekommen."

Wann das denn gewesen sei, fragte Rumpler.

„Da brauch ich nur auf den Zeitungen nachzuschauen, die ich für ihn weggelegt hab. Ein paar Tage lang hab ich sie für ihn aufgehoben, aber dann nicht mehr." Sie griff in ein unter dem Verkaufspult liegendes Regalfach und brachte einige Zeitungen zum Vorschein, die sie vor Rumpler hinlegte.

Er ordnete sie nach ihrem Datum und schaute die Titelseiten kurz durch. Die zweite davon war an einem Donnerstag erschienen und ihm durch ihre Kinderporno-Schlagzeile auf unangenehme Weise vertraut. Wenn Rumplers Rechnung stimmte, war Sevkovics an jenem Dienstag verschwunden, an dem in Rumplers Wohnung eingebrochen worden war, während er im Sperl gefrühstückt und dann seinen Besuch bei Sevkovics gemacht hatte.

„Kennen Sie vielleicht irgendwelche Freunde oder Verwandte von Herrn Sevkovics?", fragte er die Trafikantin.

„Ich glaub, er hat gar niemanden gehabt, keinen einzigen Menschen, nur ab und zu war ein Helfer für die schweren Arbeiten da, aber mit dem konnte man nicht reden. Traurig ist das. Ich hoff nur, dass ihm nichts passiert ist. Man hört ja in letzter Zeit so viel. Ich hab gleich, zwei Tage nachdem er nicht mehr gekommen ist, bei der Polizei angerufen, aber sie haben mir gesagt, dass es noch viel zu früh ist, um was zu unternehmen. Ich hab mich dann nicht mehr getraut, nochmals bei der Polizei anzurufen, damit ich ihnen nicht auf die Nerven geh. Hoffentlich war das kein Fehler von mir."

Rumpler sagte ihr, dass sie schon alles richtig gemacht habe, kaufte noch eine Zeitung, bedankte sich für die Auskünfte und ging. Kaum war er wieder in seiner Wohnung, als er Moser anrief.

„Hallo Stinker, könntest du für mich etwas nachschauen? Inoffiziell natürlich."

„Sicher. Worum geht's?"

„Habt ihr vielleicht eine Abgängigkeitsanzeige für einen gewissen Karl Sevkovics? Er hat eine kleine Kunstgießerei im zweiten Bezirk."

„Gib mir fünf Minuten. Ich ruf dich gleich zurück."

Der Rückruf kam noch schneller als angekündigt.

„Hallo Hans, bei uns liegt zu Sevkovics absolut nichts vor. Wie kommst du denn auf ihn?"

„Edwards hat sich bei ihm möglicherweise unter einem falschen Namen eine Skulptur anfertigen lassen, die ich in seinem Büro gesehen habe, und über die an der Skulptur angebrachte Gießereimarke habe ich Sevkovics gefunden. Eine Trafikantin gegenüber der Gießerei hat ihn schon einige Tage nicht gesehen und ist etwas beunruhigt. Ich hab ehrlich gesagt auch ein komisches Gefühl."

Moser seufzte tief. Er wusste aus reicher Erfahrung, dass Rumplers komische Gefühle sich in der Vergangenheit leider sehr oft bewahrheitet hatten und deshalb meist in Arbeit mündeten. „Wir schauen in der Gießerei vorbei. Willst mitkommen?"

„Ja, gerne. Wann seid ihr dort?"

„In einer Stunde. Ich komm dich abholen und ruf an, wenn ich da bin."

„Danke und bis gleich."

Nachdem sie sich dank eines auf das Öffnen von Schlössern spezialisierten Kollegen ohne größere Probleme Zutritt zu der versperrten Gießereiwerkstatt verschafft hatten, bemerkte Moser, dessen helle Augen sofort den ganzen Raum wieselflink durchlaufen hatten, am Boden vor dem Schmelzgefäß einen etwa handtellergroßen rostbraunen Fleck. Er rief sofort die Kollegen von der Spurensicherung an. Diese trafen erstaunlich rasch ein und bestätigten, dass es sich um menschliches Blut handelte. Für nähere Informationen wären weitere Analysen erforderlich. Die gesamte Werkstatt wurde daraufhin einer gründlichen Untersuchung unterzogen, die aber keine zusätzlichen Erkenntnisse brachte. Vom alten Sevkovics fehlte jede Spur.

Rumpler stellte fest, dass die schwarze Mappe, die möglicherweise Aufschluss über den letzten Auftrag von Sevkovics hätte geben können, von dem Beistelltisch, auf dem er sie zuletzt gesehen hatte, verschwunden war. Die Nachforschungen der Polizei würden wohl ziemlich schwierig werden. Sie hatten keinen Hinweis auf ein Gewaltverbrechen außer vielleicht dem kleinen Blutfleck, der aber in einer Werkstatt auch gut und gerne von einer arbeitsbedingten Verletzung stammen konnte. Falls Edwards oder Schnirch mit dem Verschwinden von Sevkovics zu tun gehabt hatten, war die Lage besonders schwierig, weil kein erkennbares Motiv für ein Gewaltverbrechen vorlag. Auch wenn sich entsprechende DNA-Spuren in der Werkstatt finden sollten, konnten sie doch schon von Edwards' erstem Gussauftrag stammen. Der oder die mutmaßlichen Täter wären in diesem Fall tot, und nachdem Sevkovics bis auf seinen geistig beschränkten Helfer völlig einsam gelebt haben dürfte, war auch kaum mit brauchbaren Zeugen zu rechnen. Rumpler beneidete seine ehemaligen Kollegen nicht.

30.

Am Tag seiner Einladung, einem Samstag, stand Rumpler noch etwas früher als sonst üblich auf. Mit Sabine hatte er vereinbart, dass sie bereits um zehn Uhr, gleich nach Erledigung seiner umfangreichen Einkäufe, zu ihm kommen würde, um ihm bei den Vorbereitungen für das Essen zu helfen, aber natürlich auch, um ihm Gelegenheit zu geben, mit ihr ungestört sprechen zu können. Noch vor ihrem Eintreffen hatte er bereits die Erdäpfel aufgestellt, heilfroh darüber, dass er aufgrund der Jahreszeit nicht auf die von Köchinnen und Köchen mehrheitlich über die Maßen gelobten sogenannten Heurigen angewiesen war, die Rumpler als für Erdäpfelsalat durchaus ungeeignet empfand mit ihrer zarten, meist sogar etwas wässrigen Struktur. Er hatte die von ihm am liebsten verwendete, speckige Sorte, deren Geschmack ihn beinahe an Kastanien denken ließ, zum Glück noch vorrätig. Sein Lieferant war ein ebenso verlässlicher wie schweigsamer Bauer aus der Umgebung von Waidhofen an der Thaya, den ihm einer seiner Verwandten schon vor Jahren empfohlen hatte und der nach einem festgelegten Zeitplan viermal jährlich zu moderaten Preisen großartige Erdäpfel, auf Wunsch auch Zwiebel, Eier und Honig, ins Haus lieferte.

Als Sabine schließlich pünktlich eintraf und er sie umarmte, staunte er über die Veränderung, die seit ihrem Spitalaufenthalt bei ihr sichtbar war. Sie war nicht annähernd so blass wie zuletzt, ihre Bewegungen waren ruhig und sicher, ihr Blick nachdenklich, aber klar. Sie brachte nebst zwei umfangreichen Taschen, in denen sich wohl die mitgebrachten Mehlspeisen verbargen, einen großen Blumenstrauß in Gelb- und Orangetönen von geradezu atemberaubender Schönheit mit, als speziellen Dank an Rumpler, wie sie ihm erklärte. Er freute sich sichtlich über die Blumen, die in seiner Lieblingsvase, einem ziemlich starkwandigen, schlichten Glaszylinder mit perfekten Proportionen, fantastisch aussahen. Die beiden Taschen verstaute Rumpler zur Sicherheit umgehend in seiner Speisekammer, weil sich sonst Rosamunde über kurz oder lang auf ihnen häuslich einrichten würde.

Auf seine Nachfrage, wie es ihr gehe, sagte Sabine, dass sie sich entschlossen habe, eine Psychotherapie zu machen, und die erste Sitzung sei sehr gut verlaufen. Darüber hinaus habe sie bei ihrem Arbeitgeber, einer Marketingfirma gekündigt, weil sie vorhabe, länger zu verreisen, wenn es ihr Budget erlaube, sogar für einige Wochen. Rumpler entschuldigte sich kurz und verließ die Küche, um gleich darauf mit einem Sparbuch wiederzukehren, einem Reisezuschuss, wie er sagte. Dieses Sparbuch habe seinerzeit noch Elsa für Karl und Sabine angelegt, für einen besonderen Anlass, und Rumpler war froh, ihr jetzt eine Reise praktisch ohne finanzielle Einschränkungen ermöglichen zu können. Sie war ob des sehr großzügigen Geschenks zunächst sprachlos und dann begeistert, jetzt auch jene Länder bereisen zu können, die sie gerne besucht hätte, aber aus Kostengründen bisher gar nicht in ihre Planung mit einbezogen hatte. Rumpler freute sich mit ihr über diese Möglichkeit, fühlte aber zugleich eine unbestimmte Sehnsucht, selbst auf eine große Reise zu gehen, seine letzte vielleicht, als Rosamunde wie ein Gespenst aus dem Nichts auftauchte. Seine Lust aufs Verreisen war in der Sekunde verflogen, ohne Wehmut, er wusste es ohnedies, es gab keine Möglichkeit, vor der Trauer und dem Schmerz wegen des Verlustes von Alma zu flüchten. Er atmete tief durch.

Das gemeinsame Kochen mit Sabine ging ihm gut von der Hand. Die Einlagen für die Suppe und auch die Rindssuppe selbst hatte er aus Zeitgründen bereits am Vortag zubereitet und sie, der Empfehlung eines von ihm hoch geschätzten Kochbuchs folgend, jetzt nur mehr mit einigen Markknochen und etwas Suppengemüse nochmals aufgekocht, um ihr die nötige Kraft und Frische zu verleihen. Die Erdäpfel hatten sie gemeinsam schnell geschält und geschnitten, aber dünn, worauf Rumpler großen Wert legte, ebenso die roten Zwiebeln, die sie trotz ihrer

Milde weinen ließen. Als der Erdäpfelsalat schließlich lauwarm und fertig gewürzt vor ihnen stand, richteten sich beide eine kleine Portion zum Kosten und befanden ihn für ausgezeichnet. Das Schweinerne wurde sodann auf der Schwartenseite in mit Kümmel und Knoblauch gewürztem Wasser zunächst überkocht und dann die Schwarte bei den Einschnitten kräftig mit Meersalz eingerieben. Dazu kam auf das Fleisch noch großzügig Knoblauch und auch nicht zu fein gehackter Rosmarin, den Rumpler gerne und oft verwendete. Das Kraut hatte er mit Ausnahme der Weißweinbeigabe ebenfalls schon am Vortag vorbereitet und er nutzte das Aufgießen, um mit Sabine auf ihre Reise anzustoßen. Dann war es Zeit für Rumpler, die Knödelmasse zu richten, wobei er bei den Eiern und der Butter die übliche Dosierung etwas erhöhte, bei der Milch verringerte und zuletzt noch beinahe einen ganzen Becher Schlagobers beifügte. Zur Feier des Tages bekam Rosamunde den Obersrest serviert, was zwar den tierärztlichen Empfehlungen zuwiderlaufen mochte, aber, wie Rosamunde fand, gut für die Seele war.

Sabine, die sich in seiner Wohnung sehr gut auskannte, hatte in der Zwischenzeit bereits den Kaffeetisch gedeckt und dort auch ihre mitgebrachten zwei Mehlspeisen positioniert, einen zu Rumplers Freude mit Bitterschokolade gemachten Schokoladenkuchen und einen gedeckten Apfelkuchen, der ebenfalls köstlich duftete und viel versprach.

Es läutete Sturm.

„Das ist Moser“, sagte Rumpler lachend. „Er läutet immer so.“

Es war Moser. Er begrüßte Sabine, wobei Rumpler sein flüchtiger, aber doch prüfender Blick auf sie nicht entging. Dann wandte sich der Kommissar, zufrieden mit dem Ergebnis seiner Prüfung, an den Gastgeber und überreichte ihm eine Flasche Rotwein, einen Merlot, wie Rumpler feststellte, praktisch der einzige Rotwein, den er reinsortig überhaupt nicht trank. Rumpler bedankte sich dennoch höflich für den Wein, und während Moser ins Wohnzimmer ging, läutete es schon wieder, diesmal aber nur kurz. Max und Sonja waren eingetroffen, beide etwas atemlos und mit geröteten Gesichtern, das Glück strahlte ihnen aus den Augen. Rumpler begrüßte sie mit einer Umarmung und Max überreichte ihm eine Flasche Cognac, die sich aus Rumplers Sicht, da er ja sein insgesamt nicht gerade diätmäßiges Speisenangebot kannte, vielleicht noch als hilfreich erweisen würde.

Als sich alle gesetzt, Rumpler die Kaffeefrage gestellt und Rosamunde ihren Orchideenplatz bezogen hatte und die Mehlspeisen entsprechend gelobt und gewürdigt worden waren, sagte Max: „Ich hatte übrigens ein bemerkenswertes Gespräch mit dem Generaldirektor von GVD, Laffer. Ich wollte ihn über die Möglichkeit informieren, dass Edwards in größerem Ausmaß Kundengold veruntreut haben könnte."

„Und? Wie hat er reagiert?", fragte Moser gespannt, der wohl noch immer damit haderte, dass die Polizei vom GVD-Management nach Karls vermeintlichem Selbstmord glatt belogen worden war.

„Seine Reaktion war gelinde gesagt bemerkenswert. Er hat sich meine Information und auch die damit verbundene deutliche Warnung freundlich angehört und mich für meine Sorge um die Firma gelobt, die aber in diesem Fall glücklicherweise völlig unbegründet sei. Durch die mutmaßliche Affekthandlung von Edwards – so nannte er den Mordanschlag – und den unglückseligen Unfall im Tresor – wieder ein laffersches Originalzitat – sei klar, dass Edwards zweifellos sehr krank gewesen und daher seinen Aussagen, die von der Polizei an ihn, Laffer, herangetragen worden waren, natürlich keinerlei Glaube zu schenken sei. Meinen Vorschlag, im Tresor unbedingt eine vollständige Bestandsaufnahme der Goldbestände vornehmen zu lassen, hat er mit der Begründung abgelehnt, dass das nicht nur unnötige Kosten verursachen, sondern auch Irritationen der Kunden hervorrufen würde. Die von Edwards neu entwickelte Sicherheitssoftware werde man sich zu gegebener Zeit natürlich genau ansehen. Bis auf Weiteres werde man aber den bewährten Routinen folgen, was ohnedies dadurch erschwert sei, dass der leider verunglückte Schnirch, so seine Wortwahl, aus dem Mitarbeiterstand von

GVD ersetzt werden müsse. Auf meinen Hinweis, dass ich unter diesen Umständen die Firma verlassen würde, zeigte Laffer großes Bedauern, hinter dem eine kaum verhohlene Genugtuung durchschimmerte. Er sprach von einem schweren Verlust für die Leitung von GVD, es war ihm aber deutlich anzumerken, dass er über meinen Abgang erleichtert war. Die mir zustehende Abfindung würde mir selbstverständlich vertragskonform ausgezahlt werden und er wünsche mir viel Erfolg für meine weiteren Vorhaben."

„Das passt genau ins Bild", warf Moser ein. „Auf meine ausdrückliche Nachfrage, ob im Tresor Gold fehle, hat Laffer die Vollständigkeit der Goldbestände bestätigt. Die geplante Veruntreuung sei wohl nur ein Hirngespinst von Edwards gewesen."

„Über meine einvernehmliche Trennung von der Firma war Laffer übrigens auch nicht unglücklich", berichtete Sonja nun. „Ich habe mich nämlich nach einigen hitzigen Diskussionen mit Max ebenfalls dazu entschlossen, bei GVD zu kündigen."

Max strahlte. „Jetzt ist die Firma die beiden lästigsten Mitarbeiter los. Sonja und ich haben beschlossen, gemeinsam eine eigene Firma zu gründen."

Rumpler, der sich noch gut an Sonjas Wutausbruch erinnerte, als Max seinerzeit bei Moser die Gründung eines Start-ups mit Sonja vorgeschlagen hatte, lächelte unmerklich.

„Ja, und zwar für Sicherheitsfragen im IT-Bereich – Sie haben mir ja schließlich einiges an Übungsmöglichkeiten beschert", sagte Sonja an Rumpler gewandt.

„Ich hätte einen Vorschlag", entgegnete dieser, „zu dem ich mich kraft meines Alters berechtigt fühle. Könnten wir Du zueinander sagen?"

Sonja strahlte und statt einer Antwort küsste sie ihn auf beide Wangen. „Ich freu mich sehr, Hans, und ich möcht dir sagen, dass du in diesem schwierigen Fall alles wirklich toll gemacht hast."

„Ja, das war eine Meisterleistung", warf Moser ein.

„Wir alle waren gemeinsam ein hervorragendes Team", entgegnete Rumpler, „ohne eure Unterstützung hätte ich das nie geschafft."

„Und ohne dieses Team wär ich nicht mehr am Leben", warf Sabine ein, die in der Zwischenzeit zwei von ihr zum besonderen Anlass gestiftete Flaschen Champagner einer von Rumpler besonders geschätzten Marke Krug entkorkt hatte. Nachdem sie für jeden ein Glas eingeschenkt hatte, bedankte sie sich für Sonjas Recherchen und besah die Brandwunde in Felsingers Hand. „Ich bin euch allen so dankbar."

„Der Sekt raucht aus", sagte Moser, dem die Feierlichkeit der mit Emotionen geladenen Szene bereits erhebliches Unbehagen verursachte.

„Du hast recht, Alois", sagte Rumpler und hob sein Glas. „Trinken wir in Erinnerung an Karl, stoßen wir auf Sabine, auf unser erfolgreiches Team und auf Rosamunde an, die ja im Zusammenhang mit diesem Fall verloren gegangen und jetzt zum Glück wieder da ist."

Alle standen auf und ließen die Gläser klirren. Der Champagner schmeckte großartig.

Moser meldete sich zu Wort. „Sonst mag ich ja dieses Pritzelwasser nicht, aber das ist ein Sekt, an den ich mich gewöhnen könnte."

Rumpler schmunzelte und schenkte ihm nach. „Lasst es euch alle gut schmecken. Die beiden herrlichen Kuchen hat übrigens Sabine gemacht. Aber behaltet euch bitte auch noch etwas Appetit für den Hauptgang."

Es wurde gegessen und getrunken, durcheinandergeredet und viel gelacht und Rumpler dachte, wie schön es war, junge Menschen im Haus zu haben, aber auch, wie schön es jetzt wäre, wenn Alma hier wäre. Um nicht in schwermütigen Gedanken hängen zu bleiben, stattete er der Küche einen Besuch ab und inspizierte sorgfältig den Zustand der Schwarten, die schon erste vielversprechende Blasen warfen und in einem hellen Goldbraun leuchteten. Zufrieden mit dem Ergebnis kehrte er ins Wohnzimmer zurück und genehmigte sich, nachdem er zuvor bereits ein Stück Apfelkuchen gegessen hatte, auch noch einen Schokoladenkuchen, der zu seiner Freude einen ganz leicht speckigen Kern hatte und einfach großartig schmeckte.

Als es wieder läutete, sah Rumpler überrascht auf die Uhr. Es war tatsächlich schon sechs und damit Zeit fürs Abendessen. Während Sabine, unterstützt von Sonja und Max, rasch den Tisch abräumte und für das Abendessen deckte, begrüßte Rumpler seine neu hinzugekommenen Gäste, Frau Maria und Gerhard, den Rasenden, wie er ihn bei sich nannte. Sie hatte sich für den Anlass besonders hübsch gemacht und überreichte Rumpler als Mitbringsel ein Säckchen Lavendel für den Kleiderschrank. Rumpler küsste sie zur Begrüßung auf beide Wangen und nahm das Säckchen mit einer beinahe feierlichen Aufmerksamkeit entgegen, rieb es leicht zwischen seinen Fingern und schnupperte daran. Es duftete nach Provence, nach Sonne und nach einem lichtdurchfluteten Urlaub, den er mit Elsa dort verbracht hatte. Seine Frau hatte jedes Jahr darauf geachtet, dass sie so ein Lavendelsäckchen im Kleiderschrank hatten, aber nach ihrem Tod hatte Rumpler einfach nicht mehr daran gedacht, diese Tradition fortzusetzen. Er freute sich über dieses kleine Geschenk mehr, als er es für möglich gehalten hätte, führte Maria und Gerhard ins Wohnzimmer und stellte sie den Anwesenden vor.

Als er bei Max angelangt war, sagte Frau Maria: „Wir haben uns schon gesehen – die Würstel mit Senf und Kren und das Bier."

Max lachte. „Ganz genau. Sie haben übrigens köstlich geschmeckt. Jetzt fällt mir ein, wir haben ja damals gar nicht gezahlt, weil wir so gerannt sind."

„Das geht aufs Haus", sagte Frau Maria entschlossen.

„Vielen Dank."

Moser war der Letzte in der Reihe. Rumpler hatte ihm schon vor ihrem Treffen von der phänomenalen Fahrtechnik Gerhards erzählt und auch noch ein gutes Wort für ihn eingelegt.

Nachdem Moser Gerhard begrüßt hatte, fasste er ihn scharf ins Auge. „Ich höre, Sie haben mit Ihren Fahrkünsten entscheidend zur Lebensrettung von Frau Rumpler beigetragen. Meine

Gratulation. Falls Sie möchten, könnten Sie bei uns im Fahrtechniktraining für die jungen Polizisten mitwirken. Ich hab mich bereits erkundigt – wir hätten derzeit eine passende Stelle frei."

Gerhard strahlte. „Wär das wirklich möglich?"

„Sicher. Hier ist meine Karte. Kommen Sie mich in den nächsten Tagen besuchen und wir besprechen dann alles."

„Das ist ja großartig. Vielen Dank."

Rumpler war in der Zwischenzeit in die Küche gegangen und Frau Maria folgte ihm jetzt dorthin. „Gell, Herr Rumpler, das mit dem Fahrtraining, das waren Sie?"

Statt einer Antwort brummte Rumpler nur etwas Unverständliches.

„Also doch. Ich hab's mir gedacht. Vielen, vielen Dank. Wissen Sie, Gerhards Eltern sind früh gestorben und da hab ich ihn etwas unter meine Fittiche genommen. Vor Kurzem hat er seinen Job verloren und jetzt ist so eine Beschäftigungsmöglichkeit, noch dazu mit Autos, für ihn natürlich besonders gut."

Um sich nicht zu stark der Rührung über diese kleine Frau mit dem großen Herzen hinzugeben, drückte Rumpler ihr rasch zwei Topflappen in die Hand und wies auf den Topf mit der dampfenden Suppe. „Eigentlich sollten Sie hier ja nur Ehrengast sein, Frau Maria, aber wo Sie schon da sind ..."

„Immer nur her damit."

Schon die sehr gehaltvolle goldbraune Suppe samt Einlagen und viel frischem Schnittlauch wurde mit großer Begeisterung gegessen. Als Rumpler dann aber zum Hauptgang die gewaltige Kasserole mit dem Schweinernen in drei Varianten brachte, braun, mit knuspriger Schwarte und einem betörenden Knoblauch- und Rosmarinduft, brach spontan Applaus aus. Sabine brachte noch das Kraut und die Knödel und Rumpler holte die für Rosamunde anlässlich der Feier vorbereitete Portion Kalbsleber, die von ihr entsprechend gewürdigt wurde.

Als schließlich alle eine respektable Portion vor sich hatten, hob Rumpler sein Glas – er hatte seinen Gästen Grünen Veltliner aus der von ihm sehr geschätzten Gegend um Langenlois und alternativ Budweiser-Bier angeboten – und wünschte ihnen einen gesegneten Appetit, an dem, wie sich bald zeigte, nicht zu zweifeln war. Sie lobten die leicht nach Muskatnuss duftenden Knödel und das mit dem Veltliner verfeinerte Kraut, staunten über den großartigen, mild-würzigen, noch lauwarmen Erdäpfelsalat und ließen das Schwartl krachen, dass es eine Freude war. Als schließlich alle gesättigt waren und sich eine gewisse Erschöpfung breitmachte, verließ Sabine kurz das Wohnzimmer und holte aus der Küche ein Tablett, auf dem eine voluminöse Silberglocke stand, unter der sich, wie sie erklärte, eine Alt-Wiener Schmankerlbombe verbarg, die mit Schokoladensoße serviert wurde. Die Bezeichnung Bombe für dieses Kunstwerk aus Eis, Biskuit, Nüssen und noch anderen Zutaten, das in seiner Pracht an eine dreistufige Papstkrone erinnerte, war berechtigt – sie schlug gewaltig ein und alle, die vorher ganz entschieden erklärt hatten, sie seien schon satt, gingen in sich und ließen sich gerne eines Besseren belehren.

Rumpler nutzte die Gelegenheit, Frau Maria und Gerhard in groben Zügen über die ihnen noch nicht bekannten Aspekte des Falles zu informieren, da sie bisher ihr Wissen eigentlich nur in Bruchstücken aus den Zeitungen bezogen hatten. Die beiden staunten über das glückliche Zusammenspiel von tatsächlichen oder auch nur vermeintlichen Zufällen, das schließlich zur Rettung von Sabine geführt hatte, und freuten sich, dass auch ihr Beitrag dabei ganz entscheidend gewesen war. Als schließlich der Kaffee getrunken war und die Gäste gelegentlich ein leises Ächzen vernehmen ließen, war Rumpler froh, auf den von Max mitgebrachten Cognac zurückgreifen zu können, der von sämtlichen Gästen mit Ausnahme von Sabine dankbar angenommen wurde.

Sabine und Frau Maria ließen es sich nicht nehmen, in der Küche für etwas Ordnung zu sorgen, während Max und Sonja, die beiden Frischverliebten, als Erste aufbrachen. Sie hatten besprochen, mit Rumpler auf jeden Fall weiter in Kontakt zu bleiben. Er sagte Sonja, wenn sie ihn treffen wolle, sei das ganz einfach. Sie bräuchte nur im Volksgarten spazieren zu gehen, weil er dort beinahe täglich anzutreffen sei. Trotzdem überfiel ihn bei ihrem

Abschied eine gewisse Wehmut. Sie und Max waren ihm beide in der kurzen Zeit, in der er sie kannte, sehr ans Herz gewachsen, mehr, als er es für möglich gehalten hätte.

Als Nächste gingen dann Frau Maria und Gerhard, bei denen Rumpler sicher sein konnte, sie wieder im Café Sperl anzutreffen. Schließlich verabschiedete sich auch Sabine, die in ein paar Wochen für lange Zeit verreisen würde.

Moser war schließlich als Einziger geblieben und sie plauderten etwa noch eine Stunde lang über die alten Zeiten. Knapp nach Mitternacht ging auch er.

Rumpler war müde. „Schön war's, Alte, aber es ist auch gut, dass jetzt alle draußen sind", sagte er zu Rosamunde, die das ebenfalls fand.

Ein kurzer Gang in die Küche zeigte Rumpler, dass Sabine und Frau Maria ganze Arbeit geleistet hatten, es blieb nicht mehr viel für ihn zu tun, als für Rosamunde noch eine kleine Portion Trockenfutter zu holen und für sich selbst einen letzten Schluck Cognac. Als er sein Glas auf Rosamundes Wohl hob, hatte sie ihr Futter bereits restlos weggeputzt.

31.

Immer wenn er in der Vergangenheit einen Fall abgeschlossen hatte, hatte Rumpler fast wie in einem Ritual das zugehörige Moleskinebuch noch einmal durchgeblättert. So nahm er auch jetzt sein verloren gegangenes und wiedergekehrtes Notizbuch zur Hand, blätterte es durch und staunte im Nachhinein noch einmal über die seltsamen Wegmarken dieses Falles und auch über die ungewöhnliche Tatsache, dass Edwards zwar schon sehr früh unter Verdacht gestanden hatte, es aber praktisch unmöglich gewesen war, ihm etwas nachzuweisen, so lange, bis er selbst entschieden hatte, den fürchterlichen Weg seines Großvaters nachzuvollziehen und an Schrecklichkeit noch zu übertreffen. Rückblickend wäre es wahrscheinlich nicht gelungen, Edwards den Mord an Karl nachzuweisen, wenn er nach Aneignung der Kundengoldbestände von GVD mit seinen kriminellen Aktivitäten aufgehört hätte. Edwards hatte die Regie nie aus der Hand gegeben. Sogar das vermeintliche Aufscheuchen durch Rumpler war für Edwards eigentlich nur eine willkommene Möglichkeit gewesen, seinen wohl schon oft durchdachten Weg wirklich bis zum Ende zu gehen.

Das „Gut, dass er tot ist" von Moser fiel ihm ein, und er gab seinem Freund auch diesmal recht, obschon mit einer etwas anderen Bedeutung, weil es in der seltsamen Welt von Edwards keinen anderen Ausweg als eben den Tod gegeben hatte.

Bevor Rumpler das Buch endgültig zuklappte, ließ er noch einmal seine Seiten spielerisch über seinen Daumen laufen. Dieses letzte seiner Moleskinebücher war, anders als die meisten seiner Vorgänger, nur etwa zur Hälfte beschrieben und mit Zeichnungen versehen, die anderen Seiten waren leer.

Plötzlich hielt Rumpler inne. Irgendetwas hatte beim raschen Durchlaufen der leeren Seiten seine Aufmerksamkeit auf sich gezogen, ohne dass er zu sagen vermochte, was es war. Er blätterte die leeren Seiten des Buches nochmals durch, diesmal sehr langsam und aufmerksam. Und mit einem Mal sah er es. Mitten im sonst unbeschriebenen Teil des Buches war eine handschriftliche Eintragung. Sie lautete:

Ich bin und ich bleibe Regisseur bis zum Ende und noch darüber hinaus. Sie, Herr Rumpler, waren nur Schauspieler, aber Sie waren mein bester.
A. E.

Rumpler konnte Edwards' seltsamer Mitteilung eigentlich nur zustimmen. Mit dieser Nachricht, die wie vorgesehen Rumpler erreicht hatte, hatte Edwards einmal mehr seine Meisterschaft in der Einschätzung und der Steuerung von Abläufen bewiesen.

Rumplers Gedanken wanderten rückwärts. Damals schon, als das Buch und gleichzeitig Rosamunde aus seiner Wohnung verschwunden waren, musste Edwards diese Mitteilung geschrieben haben, er musste bereits den gesamten Ablauf samt der Durchsuchung seiner Wohnung durch die Polizei, damit auch das Auffinden des Buches und die spätere Rückgabe an Rumpler vorhergesehen haben und er hatte– wieder einmal, wie Rumpler zugestehen musste – recht behalten.

Ein Teil der edwardsschen Nachricht war für Rumpler besonders interessant, nämlich jenes „Bis zum Ende und noch darüber hinaus", das so gut in Edwards' Allmachtsfantasien passte und ihn gewissermaßen unsterblich machte. Rumpler machte dazu noch eine kurze Notiz, klappte dann das Buch endgültig zu und verstaute es in dem Karton, in dem schon die anderen Bücher mit seinen früheren Fällen ruhten.

Obwohl er erst etwa zwei Stunden nach Mitternacht schlafen gegangen war, stand Rumpler am nächsten Morgen wie gewohnt um sechs Uhr auf, und nachdem er Rosamunde versorgt hatte, fuhr er mit der Straßenbahn die wenigen Stationen bis zum

Schottentor und ging dann am Burgtheater vorbei zum Volksgarten. Über Nacht hatte sich das Wetter geändert, es war milder geworden, die Vögel wagten schon ein wenig Gesang und ein Versprechen auf den Frühling lag in der Luft. Außer Rumpler war so früh am Morgen kaum jemand im Park, nur ein oder zwei Jogger und ein junges Paar, vermutlich Touristen, weil sie alles, was nur irgendwie wert schien, festgehalten zu werden, fotografierten. Beim Anblick der beiden lachenden jungen Menschen kam Rumpler seine eigene Einsamkeit deutlich zu Bewusstsein. Von Alma gab es nach wie vor keine Nachricht. Er würde wohl auch weiterhin einsam bleiben, vielleicht bis zu seinem Tod.

Das Denkmal der Kaiserin, die ja selbst viele Reisen gemacht hatte, ließ ihn an Sabine denken, die nur mehr wenige Tage hier sein und dann für lange Zeit verreisen würde.

Rumpler verließ die Kaiserin und die Kinderskulpturen mit den Krügen und wechselte in den Rosengarten hinüber. Da er diesen Weg so oft ging, waren ihm die sehr persönlich gehaltenen Texte der Widmungstafeln, die den Rosenstöcken zugeordnet waren, bekannt. Beinahe alle hatten die Liebe zum Thema – die Liebe unter Lebenden und die Liebe über den Tod hinaus. „Geliehene Gefühle", dachte er, während er sie las, Gefühle, die in Wirklichkeit andere Menschen betrafen und die er für sich immer nur anprobierte wie ein Kleidungsstück, um nachzufühlen, ob sie ihn ansprachen, Ausdruck seiner unerfüllten Sehnsucht.

Vor einer neu hinzugekommenen Tafel blieb er stehen, sie berührte ihn unmittelbar, noch bevor er überhaupt bewusst gelesen hatte, was dort stand.

Lieber H. Du wirst mit großer Sehnsucht auf der Insel erwartet.
In Liebe A.
Auch R. ist sehr willkommen.

Und Rumpler lächelte.

Epilog

Am 30. Juni des Jahres, in dem Karl Rumpler gestorben war, erhielt Johann Rumpler Post von einem Toten. In einem sehr knapp gehaltenen Save-the-date-Schreiben wurde er von Alexander Edwards ersucht, sich den Vormittag des 30. Novembers freizuhalten. Etwa eine Woche vor dem Termin erreichte Rumpler ein weiteres Schreiben, in dem er gebeten wurde, sich am 30. November um elf Uhr beim dritten Tor des Zentralfriedhofs einzufinden.

Als Rumpler dort pünktlich eintraf, wurde er von einem seriös aussehenden Herrn begrüßt, der ihm seine Karte übergab, die ihn als Notar auswies, und ihm erklärte, dass er beauftragt sei, ihn zur Grabstätte seines verstorbenen Klienten Alexander Edwards zu bringen und ihm dort ein Schreiben desselben auszuhändigen.

Der Weg zum Grab, den die beiden Herren schweigend zurücklegten, erwies sich als ziemlich lang. Eine aus Metall gefertigte Marienfigur, an der sie vorbeikamen, ließ Rumpler an den alten Gießer Sevkovics denken. Vor einigen Monaten war seine Leiche von einem Wanderer in einem entlegenen Waldstück in der Buckligen Welt entdeckt worden. Sevkovics war von hinten erstochen worden und die DNA-Spuren an seiner Kleidung hatten Schnirch als Täter bestätigt. Die feuchte Kälte kroch Rumpler in die Knochen und führte ihn in die Gegenwart zurück. Der Kies knirschte unter seinen Schritten. Schließlich erreichten sie ein monumentales, aus weißem Marmor errichtetes Grabmal, auf dem als einziger Schmuck eine etwa vierzig oder fünfzig Zentimeter hohe, schwarz lackierte Engelsfigur aus Metall, vermutlich Gusseisen, angebracht war. Der Notar überreichte ihm wie angekündigt ein Kuvert, ließ sich die Übernahme durch Rumpler quittieren, verabschiedete sich und ging.

Die Inschrift auf dem Grabmal lautete:

Letzte Ruhestätte von
Alexander Edwards
Alexander Edwards II
RIP

Das Grabmal musste ein Vermögen gekostet haben. Rumpler öffnete mit klammen Fingern das ziemlich umfangreiche Kuvert, in dem zuvorderst ein kurzes Schreiben von Edwards an ihn steckte. Es lautete:

Sehr geehrter Herr Rumpler,
ich bedanke mich, dass Sie meiner Einladung gefolgt sind. Hinsichtlich meiner Eintragung in Ihrem Moleskinebuch bin ich Ihnen noch eine Erklärung schuldig. Zu Ihrer Information habe ich daher einen Brief, den ich durch meinen Notar knapp nach meinem Tod an den Generaldirektor von GVD, Herrn Laffer, geschickt habe, beigelegt, der Sie interessieren dürfte.
Leben Sie wohl.
A. E.

Rumpler entnahm dem Kuvert die Kopie des Schreibens und begann zu lesen.

Sehr geehrter Herr Generaldirektor Laffer,

Sie haben, zum vermeintlichen Wohl Ihrer Firma, ein aus Ihrer Sicht kleines Verbrechen vertuscht – eine Goldunterschlagung durch einen Ihrer Mitarbeiter – und damit einen Test, dem ich Sie unterzogen habe, in meinem Sinne positiv bestanden. Wie Sie mittlerweile sicher feststellen konnten, fehlt in den Kundengoldbeständen von GVD eine so erhebliche Menge an Goldmünzen, dass das Bekanntwerden dieser Tatsache das Ende für die Firma und auch für Sie bedeuten würde. Ich durfte mich daher und natürlich auch aufgrund des erwähnten Tests darauf verlassen, dass Sie bei einer Befragung durch die Polizei die Vollständigkeit der Goldbestände bestätigen würden und bei größeren Abrufen durch einzelne Kunden nach dem Prinzip ‚Mühle auf – Mühle zu' jeweils die Bestände anderer Kunden zur Deckung offener Forderungen heranziehen würden, damit das Fehlen des Goldes nicht auffällt. Sehr nützlich war für Sie in diesem Zusammenhang sicherlich das von mir in Ihrem Auftrag entwickelte IT-System, das nicht nur mir persönlich sehr gute Dienste geleistet hat, wie Sie ja wissen, sondern das auch Sie jetzt zur entsprechenden Aussteuerung nutzen können. Sie zeigten sich damals beeindruckt, in wie kurzer Zeit ich dieses System entwickelt habe – es war bereits fertig in meiner Schublade, noch bevor Sie mich überhaupt mit seiner Herstellung beauftragt hatten.

Sie haben also zwei Verbrechen vertuscht, nicht nur das kleine, sondern auch das viel größere – beides selbstverständlich zum Wohl der Firma, aber nichtsdestotrotz illegal. Ich darf mich daher im Voraus für Ihre Kooperation in folgender Angelegenheit bedanken, die ich zu meinen Lebzeiten leider nicht mehr persönlich regeln konnte.

Mein Großvater Alexander Edwards hat im Zusammenhang mit den unruhigen Zeiten, in denen er gestorben ist, nur eine äußerst bescheidene Grabstätte erhalten. Ich darf Sie daher ersuchen, gemäß dem beigefügten Plan samt Kostenvoranschlag ein würdiges Grabmal für unsere Familie errichten zu lassen. Spätester Zeitpunkt für die Fertigstellung ist der 30. Juni dieses Jahres. Sollte bis zu diesem Datum nicht eine Fertigstellungsanzeige der Steinmetzfirma, von der das beiliegende Angebot stammt, samt einer ausführlichen Fotodokumentation bei meinem Notar (hier folgten die entsprechenden Daten) eingereicht sein, ergeht durch den Notar in meinem Auftrag ein vorbereitetes Schreiben an die Polizei, in dem ich nicht nur die Methode und genaue Menge der Goldunterschlagung beschreibe, wie sie von GVD derzeit betrieben wird, sondern auch zur Unterstützung meiner Glaubwürdigkeit den Ort bekanntgebe, an den ich das Gold habe bringen lassen. Zur Sicherheit habe ich auch eine Kopie des geheimen Protokolls unserer Sitzung nach dem vermeintlichen Suizid von Karl Rumpler beigelegt. Sollte das Grabmal hingegen plangemäß errichtet worden sein, wird dieses Schreiben durch den Notar vernichtet.

Sehr geehrter Herr Generaldirektor Laffer,
ich habe die Zusammenarbeit mit Ihnen schon während meiner Aktivzeit sehr geschätzt und das gilt natürlich weiterhin, wenn auch posthum. Sie waren immer schon sehr verlässlich und daher habe ich an der Erfüllung meiner Bitte keinerlei Zweifel.
Ihr Alexander Edwards

Das also hatte Edwards mit seiner „Regie über den Tod hinaus" gemeint, indem er bei Laffer einen unwiderstehlichen Hebel angesetzt und ihn gezwungen hatte, das Grabmal für seinen Großvater und auch sich selbst zu errichten, über dessen aufwendige und perfekte Ausführung Rumpler staunte. Er besah sich jedes Detail und berührte den glatten, kalten Marmor. Als er schließlich vor der schwarzen Engelsfigur stand, zog er seinen Kugelschreiber aus der Tasche und schlug ihn kurz und kräftig an die Skulptur, etwa so wie man ein Xylofon anschlägt. Die Skulptur gab daraufhin einen unglaublich feinen, singenden und lang anhaltenden Ton von sich, den man dem Gusseisen nie zugetraut hätte. Rumpler brummte zufrieden vor sich hin.

Autor

Rudolf Trink: 1954 in Wien geboren, pensionierter leitender Angestellter im Finanzbereich, hat nach zwei Sachbüchern zum Thema *Geld* mit *Kugelwechsel* seinen ersten Kriminalroman herausgebracht.

Buchtipp

Rudolf Trink
Schutzpatrone
Ein Rumpler Rosamunde-Krimi

ISBN: 978-3-96074-047-6
Taschenbuch, 226 Seiten

Nach einer Serie von Morden an Obdachlosen wird der pensionierte Wiener Kriminalist Johann Rumpler, Katzenfreund und ambitionierter Hobbykoch, von seinen Kollegen um Unterstützung gebeten. Der einzige Zeuge ist verwirrt und lebt in seiner eigenen kindlichen Welt aus Kasperlfiguren. Ganz langsam gelingt es Rumpler, sein Vertrauen zu gewinnen. Er bekommt einen mysteriösen Hinweis, in dem ein Kuhmann, der Teufel und eine Kiste eine wichtige Rolle spielen.

Rumplers Recherchen führen ihn ins Waldviertel, wo er aus der Rolle des Jägers plötzlich in die des Gejagten und damit in eine Falle gerät, aus der kein Entkommen möglich scheint.

Printed in Poland
by Amazon Fulfillment
Poland Sp. z o.o., Wrocław

70685838R00109